全民微阅读系列

一个有预感的男人

崔 立 著

江西高校出版社

图书在版编目(ＣＩＰ)数据

一个有预感的男人/崔立著. —南昌:江西高校出版社,2019.1（2024.9 重印）

（全民微阅读系列）

ISBN 978 - 7 - 5493 - 7752 - 7

Ⅰ.①一… Ⅱ.①崔… Ⅲ.①小小说—小说集—中国—当代 Ⅳ.①I247.82

中国版本图书馆 CIP 数据核字(2018)第 226518 号

出 版 发 行	江西高校出版社
社　　　址	江西省南昌市洪都北大道96号
总编室电话	(0791)88504319
销 售 电 话	(0791)88522516
网　　　址	www.juacp.com
印　　　刷	北京一鑫印务有限责任公司
经　　　销	全国新华书店
开　　　本	700mm×1000mm　1/16
印　　　张	14
字　　　数	180 千字
版　　　次	2019 年 1 月第 1 版
	2024 年 9 月第 2 次印刷
书　　　号	ISBN 978 - 7 - 5493 - 7752 - 7
定　　　价	58.00 元

赣版权登字 -07 -2018 -1122

目录 / CONTENTS

周 庄 行

那一天,刘梅说,我们去周庄吧。我说,好啊。我看着刘梅微笑的脸庞,重重地点头。无论她说去哪里,我都愿意跟着。有刘梅在的地方,都是我的天堂。

到周庄时,已是午后。

刘梅说,饿吗?我摇摇头说,不饿。刘梅嘟囔着个嘴,说,我饿了。我笑了,拍拍肚子,说,我也饿了。然后,刘梅也笑了,笑着刮我的下巴,那里微微长起的胡子,像青春,已经有点长了。

午饭过后,就是玩了。

我们走在周庄的青石板路上,走得有点不急不缓。刘梅对这里的什么东西都很有兴趣似的,走过一家店铺,就要进去看看。也不买,就是一个劲地看,或者是好奇地摸一下。我能感觉到老板钉子一样的眼神,我小声地说,刘梅,咱走吧。刘梅瞪我一眼,不理我。

出了这家,进另一家店铺时,刘梅依然如此,都不买,只是看。我看到刘梅对里面一个小铃铛爱不释手,拿起来又放下,放下又拿起来。我说,刘梅,我给你买了吧。刘梅摇摇头,说,我不要。刘梅的眼神带着肯定。我哦了一声,有些无奈。

在一家熟食店门口,刘梅又站定了。隔着透明玻璃看里面摆着的令人馋涎欲滴的红烧蹄髈,刘梅看得眼珠子差点都下来了。我说,刘梅,想吃吗?这次,刘梅居然没有拒绝,说,想。我说,那我们买吧。刘梅摇摇头，说，不买。吃了要胖的。我说，胖怕啥？无论你变什么样我都喜欢。刘梅定定地看着我，有点神经质的表情，愤愤地说，你们男人都喜欢说这样的话吗？我愣住了，不知道该说什么好了。刘梅的头一摆，继续往前走。

一下午，我们游荡在周庄的每一个角落。

有几次，我看了看表，说，刘梅，时间不早了，要不咱回上海吧。刘梅说，急啥，再玩一会吧。我再说，刘梅还是这样回答我。我看了看表，再不走，恐怕最后一班回上海的长途车也没了。

我咬了咬牙说，刘梅……刘梅说，今晚我们就不走了吧。我说，这，合适吗？我的心头有些惶恐，更多的还是惊喜。

去一间旅馆登记，老板娘说，要几间？我说，两间。刘梅又瞪我一眼，说，要两间干啥？浪费！一间吧。我偷眼看到老板娘有些意味深长的表情。反观刘梅，倒是挺自然，拿过老板娘递来的房卡，在前面走着。我小心翼翼地在后面跟着。

晚饭过后，外面已是漆黑一片。

周庄的夜，果然与城市不同。刘梅说，出去走走？我说，好啊。沿着下午走过的路，我们准备再重走一遍周庄。

弯弯的月牙，略显昏暗的灯光，静谧的小桥、石板路，潺潺流动的河水。刘梅一直是走在前面，不知不觉，竟然是越走越快，让我有些跟不上她。我说，刘梅，你慢点！我喊着，但刘梅似乎毫不为所动，并且是越走越快。我紧赶慢赶，才算是跟上了她的脚步。

回到旅馆，我开了灯，却被刘梅关上了。然后，刘梅站在了窗口，看着外面的夜，就这么静静地站着，一直没说话。

我坐在一片黑暗中，有些无所适从。看着刘梅的背影，我想说什么，又不知道从何说起。我只能干坐着，等待。

半天，刘梅幽幽的声音响起，说，张超要结婚了，你知道吗？

我说，我知道。

刘梅说，我和张超来过这里，像今天这样，我们走了一下午，然后，又看了那晚的夜景。张超陪我逛遍这里所有的店铺，给我买了小铃铛，又买了红烧蹄髈，看着我大口大口地吃，他说，无论我变什么样他都喜欢……

我哦了一下，说，好。

刘梅说，你能假装我的男朋友，陪我去参加张超的婚礼吗？

我说，可以。

刘梅转过头，说，你是个好男人，对不起……

淡淡的黑夜里，我能看到刘梅眼角的泥泞。

我想说，我爱你。话在喉咙口，翻腾着。

人 生 何 处

男人女人结婚那会儿，真的还像是小男孩小女孩一般，嘻嘻哈哈的，我瞧你顺眼，你瞧我对味。彼此一聊，一冲动，便你推我搡地跑去了登记处。火红的公章一敲下，男人女人就成了法律意义上真正的夫妻了。

开始，两个人还能如胶似漆地黏在一起。可时间一长，矛盾也就出来了。男人是个很懒的人，当然，女人也不勤快。男人女人换洗下来的衣物，一开始女人还会洗，洗过几次后，女人就不洗了，女人对男人说，你洗吧。男人摇头，说，我不会洗。女人说，谁生下来就会洗衣服啊，你洗过几次后就会了。男人说不，很坚决地说，我不洗。

再比如烧饭，一开始是男人烧的，男人下班早，每天炒两个菜，等女人回来一起吃。吃完饭，就是轮到女人洗碗。按理，这就形成习惯了，就没问题了。可到了周六周日，男人女人都在家里休息，要烧菜了，女人对男人说，你该去买菜烧菜了。男人就纳闷了，平时我烧也就罢了，到休息天了，是不是轮到你来弄了呢。女人摇头，说，我不弄，我不会烧。男人说，谁生下来就会烧菜啊，你烧过几次后就会了。女人说不，很坚决地说，我不洗。

如此几次后，男人女人由此也闹出了一些矛盾，不过，这些都是生活中的小问题，男人女人也未放在心上，两个牙齿碰在一起，都难免会有些摩擦的，更何况人呢。

不过，因为这些，对于男人女人以前的亲密，倒是影响了不少。以前，在闲暇的时候，男人女人会一起坐在沙发前，看看电视，翻翻报纸，再或是说说悄悄话。

到现在不了。

沙发前，几乎已经看不到男人女人了。

男人会选择躲在书房里，男人是个业余的写作者，偶尔还会在一些报刊上发表小文章。有事没事的时候，男人就躲在里面，读书，写作，间或上网看看新闻，又或是找人在 QQ 上聊聊天。

女人看男人躲进了书房，感到很无聊。坐在客厅里，时尚的杂志都翻烂了。女人去找了台笔记本电脑，网页那么一插，也可以上网了。在网上，女人看一些时尚的产品，看看价格，比比性价比。看累了，比累了，女人也会找人在 QQ 上聊聊天。

男人 QQ 聊天，一般不喜欢和熟人聊。熟人太熟悉了，稍有些不慎，就会把自己的隐私给不小心泄露了。男人还特别喜欢和网上的女孩子聊，在女孩子面前，男人常常故意把自己充为老夫子,炫耀着自己写的小文章。

女人 QQ 聊天,也不喜欢和熟人聊。女人的那些密友们太疯了,都是些疯女人,整天只知道玩玩玩。女人特别喜欢和网上的帅哥聊,在帅哥面前,女人会聊聊最近她感兴趣的事儿,或是他所喜爱的那些时尚物件。

聊着聊着,男人就发现,有一个女孩,特别和自己谈得来。女孩极为善解人意,她就像结婚前的女人一样,万般欣赏自己写的小文章,还常夸自己是才子,直夸得男人心花怒放。男人有些怀疑,那个女孩是不是就是女人,是不是女人在作弄自己?男人特意从书房里跑到了客厅,看到女人不在客厅里,卫生间的门关着,有冲马桶水的声音。男人回到书房,女孩还在和自己说着话。看来不是女人了。男人想。

聊着聊着,女人就发现,有一个男孩,特别和自己谈得来。男人特别有风度,他就像结婚前的男人一样,万般欣赏自己钟情的事物。还常夸自己的时尚,直夸得女人春心荡漾。女人有些怀疑,那个男孩是不是就是男人,是不是男人在作弄自己?女人特意从客厅里跑到了书房,看到男人不在客厅里,卫生间的门关着,有洗澡冲凉的声音。女人回到书房,男孩还在和自己说着话。看来不是男人了。女人想。

那一个周六,男人突发奇想,想请女孩一起吃顿饭。为了给自己找个合适的理由,男人和女人说是一个旧同事邀他,那个旧同事女人也是认识的。当然,男人早就和旧同事打好招呼了。男人力求不露任何的破绽。

那一个周六,女人突发奇想,想约男孩一起见个面。为了给自己找个合适的理由,女人和男人说是一个闺密邀她,那个闺密男人也是认识的。当然,女人早就和闺密打好招呼了。女人力求不露任何的破绽。

晚上,在那间情调高雅的餐厅,女人打扮得花枝招展地走了进去,侍应生把她引到了一张餐桌前,那里,正坐着一位帅气十足的男孩,暖暖地朝着女人微笑。

女人也想笑,但忽然就笑不出来了。女人不经意地一抬头,就看到了不远处的一张餐桌前,正坐着男人,和他对面的一位艳光四射的女孩。那一刻,男人也正抬着头,并且分明也认出了女人,还有女人对面坐着的男孩。

那一家餐厅,正是男人女人第一次约会的地方。

从　　来

从来,她不觉得自己爱过他。

开初,都是他主动的。

在一个月圆的夜晚,他在大学的宿舍楼下,捧着鲜花,高喊着她的名字。

让人惊讶。

她不是那种很引人注目的女孩。

还是第一次,她在这样的众目睽睽之下,被人追求。许多楼上楼下的同学都在喊,答应他吧,答应他吧……那一刻,她真有些身不由己。好像是自己被推到了悬崖边,早已没有了退路。若是拒绝,他该是多么尴尬呀。

她是个善良的女孩,她告诉自己不能拒绝,可能还有另外的一个因素,几乎所有的女孩,都喜欢那种被追求的感觉吧。

她竟答应了,并且很快就下了楼。

他紧紧地牵住她软软的手,幸福真的如同花儿一般绽放——

她以为很快就会结束。

但他们还是一直在一起,即便是大学毕业,即便是参加了工作,他还是陪伴着她。她也渐渐习惯了有他在身边,并且也渐渐习惯了被他娇宠。

她其实是个没什么脾气的女孩。

她的娇气,就是被他宠出来的。

但他真的是对她好。

上班到下午,她看着外面黑乎乎的一片天,显然是快要下雨了。她想起了早上晾出去的衣服没收,给他拨了个电话。他放下手上忙碌的活,赶紧就跑到了她住的地方。收完衣服,从她家走出来时,外面刚好倾盆大雨,他被淋了个透。事后,他发了高烧。她还怪他,你为啥不带伞啊,或者你不能等雨停了再走嘛。他笑笑,没做解释。其实,接到她的电话,他就马不停蹄地赶了出去,哪还想到过拿伞呢。而那一场倾盆大雨,又不知会下到什么时候。他手上的那些活儿,也是要赶紧做完的。

半夜醒来,她忽然想吃附近新开的一家面包房的面包,那家店是 24 小时营业的。她又懒得自己去买,就给他打了电话。他睡到正酣,迷迷糊糊地醒来。她说了要吃面包。他二话没说就起了床,打了车就去了那家面包房,然后又跑了两条马路,直接给她送上了楼。她开了门,瞪着眼却嫌他慢。他笑笑,还是没解释。之前,他加班到凌晨两点,刚睡下不久,就接到了她的电话。他累得已经不行了,是强撑着跑来的。

每一次,只要她一个电话,再难的事,他都会竭尽全力地去帮她完成。

但她觉得，这还不够。

别的男人，似乎都比他要好。

他们有车，有大房，有钱。他没车，有房，但房不大。他的钱，不足以让她过上富足的日子。

最主要的，她还是觉得，自己并不爱他。

已经好些年了，她有时也纳闷自己，好像对他始终都没任何感觉。她不明白这是怎么了。

那一天，他向她求婚。

他说，请你嫁给我吧。

他以为她会答应，他已经足够对她好了，她没有理由拒绝。

她摇头，叹了口气，并且说了那困扰她心头很久的疑惑。

他想了想，说，那可能只是你一种错觉吧，也许，也许是你和我待久了，那种爱的感觉就变迟钝了。

她说，不对。

她还说，可能，你应该找一个真正爱你的人。

本来是个值得庆祝的日子，却成了他和她的告别仪式。看着她离开，他木然地站在那里，忘了该做什么。

后来，他打她电话，她也不接。按她家的门铃，她也不开。

后来。他真的就慢慢在她的世界里消失了，好像并不曾出现过一样。

再后来，她有了新的生活，还有了一个她喜欢的男人。但那男人的脾气可不是很好，动不动就责骂她，说她不好。男人也懒，她让男人干什么，男人总不干，还拿眼瞪她，凭什么让我去干，你有手有脚，自己不能去干吗？

那天，男人还打了她。

她哭着跑出了屋,站在曾经他陪她走过的马路边,她蹲坐在那里,想到了许多以前的事儿,种种他对她的好。她摸出了手机,找出了他的号码,她想给他打电话,可说什么呢?难道说想他吗?说一切都是自己的错,是她以前不懂得珍惜吗?……在那里,她徘徊着,又犹豫着。手机拿出来,又给放了回去。

不知过了多久,不远处,她竟然看到了他,正缓缓地走近。他抬起头时,也看到了她,有些意外。

就这么站在那里,他说,你好吗?他的声音,还是一如既往地那么温柔。

她刚想说什么,忽然看到了他左手无名指上的戒指,她的眼神莫名地就暗淡下来。那一刻,她眼中的泪啊,不由自主地滑落。

他 在

她说,我们是哥们,对吗?他点头,说,当然了,哥们。他朝她莞尔一笑。

他俩真的就成了哥们了,从初中起,他们就读一个年级,后来高中、大学,都一路相随。

直至他俩参加工作,去了不同的公司。

但还是天天联系。有时无话可说,他拨一个电话,说,中饭吃了吗?她说,吃了,你呢?他说,也吃了。她"哦"了一声,就挂了。

半夜她睡不着,拨他电话,说,你睡了吗?他半天才接起电话,说,睡了。她说,你睡了还接电话,骗谁嘛。他发出一阵恼意,说,被你吵醒的! 她赶紧挂了电话,吭哧吭哧直乐。他俩就是这么没事互相给对方找事的人。很悠闲,也很自在。

后来,就没那么空了。

她恋爱了。她打电话说,哥们,好像有一个男人,对我有那么点意思,挺帅,也有钱。是我喜欢的那款。

他乐了,说,好啊,哥们,祝贺你啊,那你要好好抓紧。

祝贺了没几天,她的电话又来了,说,哥们,我失恋了,那个男人说是我误会他了,我不是他喜欢的类型,他很抱歉。

他似乎停顿了一下,说,我请你吃饭吧。就庆祝,庆祝你失恋吧!

她轻轻骂了声,滚。

但那顿饭,她叫了好多啤酒,拼命地给自己灌。他怎么拦也拦不住。没多久,她就醉了,跑到路边,一个劲地吐。他苦笑地拉着她,看到了她眼角的泪,顿然有些不忍。这好像是她第一次的恋爱吧。

有了第一次,第二次的到来,相对就简单多了。

有人说,要从失恋的痛苦中走出来,最好的办法,就是再次恋爱。

她做到了。她打电话给他,口气中充满了喜悦,说,有人给我送花了。

他说,哥们,你这么快又被人看上了啊。他特意把这个又字的声音给拉长了些,意思当然是不言而喻的了。上一次是单相思,那这次呢?

她当然听出来了他的意思,又是那一句,滚。

没过几天,又一起吃饭。

这次，不是他请了，也不是她，是她的新男朋友，一个挺阳光的小伙子。小伙子和她坐在一面，他坐另一面。小伙子向他敬着酒，感谢你这么多年一直帮我照顾着戴雪。戴雪是她的名字。

他不笨，听出了小伙子的弦外之音，未来的日子，应该是他可以脱手了。但他从未和她有过什么啊，小伙子误会得有点离谱了。他有种感觉，这个人醋意太重，并不适合粗枝大叶的她。但他没说。

她没听出小伙子的意思，傻呵呵地看着两人，眼里充满了柔情。

果然，也就一个月吧。她打来了电话，只说了一句，请我喝酒吧。他说，好。

她再次喝醉，吐了一地。他拦过，没拦住。后来，他就不拦了，让她发泄一下更好。有些东西，就是要用来发泄的。

那几年，她陆陆续续地谈了许多男朋友。

他每次都陪着至少吃上两顿饭。一顿，是她恋爱了，她的新男朋友请。再一顿，是她失恋了，他请。

有一天，他说他要走了，去一个另外的国度。

他给她打了电话。她正处于热恋中，根本没听懂他说的话，只是敷衍一样说着，好，好，那你一路顺风，自己保重啊。

他叹一口气，轻轻地，然后挂上电话。

热恋的最终，还是分开。她黯然，拨他的电话，她还想大醉一场。听到的是机械般的声音：您拨打的电话已关机……

这一刻，她猛然想起，他似乎和她说过，他是去了另一个国度。

那他到底是去了哪里呢？又怎么可以联系上他呢？她心头忽然有些隐痛，比起失恋的苦痛，他的离开，更让她觉得失落

011

一个有预感的男人

不已。

她打了许多认识他和她的朋友,问他们他究竟去了哪里,怎么才可以联系上他,但他们的反应都很惊讶,他们并不知道他到底去了哪里。

她翻弄着家里所有的一切,试图找出关于他的踪迹。

在他给她的一本书的夹层里,她意外地发现了他给她写的一首短诗,是抄来的吧,但却很让人心动:

……

你见,或者不见我,我就在那里,不悲不喜;

你念,或者不念我,情就在那里,不来不去;

你爱,或者不爱我,爱就在那里,不增不减;

你跟,或者不跟我,我的手就在你手里,不舍不弃

……

是不是这可以解释,其实他是一直都在爱着她,只是并没说而已。原来最深爱自己的人,一直都在自己身边啊。推开紧闭着的窗户,透过漆黑一片的夜色,对面的楼的窗户旁,她看到了一双熟悉的眼眸。

他,是他。他果然在。

只不过是她紧闭着的窗户,让她看不见他而已。

那一刻,她不知是哪里来的勇气,突然就推开了门,她要去找他。

这也许是她从失恋,到再一次恋爱最快的一次。

全民微阅读系列

想念一座城

一个人的时候,我时常会看着一张中国地图发呆。发呆的不是看地图上的本身,是地图上的某一个城市,总让我能产生遐想。

可又有什么理由,能让我真正下决心去到哪里呢? 有的时候,真的又很让人感觉迷茫。

后来,还真有过那么几次,去那座城市的机会。都是单位出差派过去的,很匆忙的行程。

是第一次,我下了火车。走出火车站时,我就能很明显地感觉到异样的气息。我忍不住地多吸了几口空气。真的,这气味真的是很让我迷恋。

容不得我多感受,电话就响了,是领导的电话。领导说,你到了吗? 我说,到了。领导说,那你赶紧去吧,客户的位置你知道吗? 我说,知道。

我拦了辆车,赶去了客户所在的地址。接下去的几天,我都忙着和客户考察,或是谈一些计划和安排。我忙得就像是一个陀螺,无法停止下来。临离开前的一晚,客户待在我宾馆的房间,陪我聊了一会,他很识相地说,你早点休息吧,明天一早,你还要赶火车。我笑笑,说声谢谢。整理完要回程的衣物,再看时间,我就想着出去走走。

外面的街,因为刚下过雨,地上有点湿滑。这也如同像是我的心情一般。

　　后来的一次，还是去见客户。忙忙碌碌地又是几天，因为时间允许，我特地向领导请了一天假。我说，想在这里转转，去见一个老朋友。领导说，可以。

　　离开宾馆，我叫了一辆出租车，司机问我去哪里，我说了一个小区的地址。一个记了多年的地址。车子开得好快，又好慢。快的是我迫不及待的心情，慢的是我依然胆怯的心。开了一会，我问司机，还有多远？司机说，快到了。我想了想，说，要不，到那里三百米时，就停下吧。司机满是狐疑地看了我一眼，没再说什么。

　　在离小区有一段距离时，车子停了下来。我下了车，站在那里停顿很久。我抬头，对着那小区的方向，一直看着。我还拿出了手机，我找出了一个号码，但我没拨出去。我回宾馆了。

　　再有一次，我又去了那座城市，又是连续地几天忙碌。和客户谈妥了几项业务后，我给领导汇报。领导的心情应该是不错，居然说，要不你再多待一天吧，去见见你那朋友。我一愣，苦笑说，好吧。

　　这次，我是坐公交车去的那里。我在网上搜索了很久，找出了那一条，从宾馆到那个小区的坐车路线。倒不是想省下那点出租车费，我其实想的是，或许那条线路，她也是坐过的。我是想感受一下，她坐这车时的那种心情。还有，就是这车上，是否会留下些她所留下的气息呢。

　　公交车停在了她的小区的门口，我在那张望了一下。不知是从哪里来的冲动，我忽然想进那个小区看看，也许，会在小区的某一处，和她相遇上。我想象着她惊讶的表情，她问，你怎么在这里？我笑笑，一脸潇洒地说，来见一个朋友。

但是，我还是没能走进那个小区。年轻的保安拦住了我，说，请问你是找谁？我说，我可以进去看看吗？保安说，不可以，这里是私家住宅，必须要住户同意的。我摇摇头，走了。

那一天，老同学打电话来，说要组织一次同学聚会，问我有时间参加吗。十年了，确实也是该聚一次了。我的脑子里突然就跳出了一个她，不知道十年后的她，会是怎样的？

同学聚会如约举行，去的路上，我心里一直不安，不知到底该去还是不该去。

热闹非凡的聚会，在安排吃饭时，酒席上，她就坐在我的一边。我有些尴尬，她好像也有点。当然，都过去那么多年了，大家也都淡然了许多。我其实是不会喝酒的，那天，不知道怎么的，我想起了一句话，酒壮英雄胆。于是，我给自己猛灌了好几杯酒，直喝得自己头昏脑涨脖子粗的。

看着一边的她，我终于是鼓起了勇气，说，你还住那个城的那个小区吗？

她好像是愣了一下，一脸讶然的表情，说，你怎么知道我住过那里啊，至少七八年前的事了，我早就搬回来了……

我心里头那个悲戚啊！

猛地，我就拿起了一个酒瓶，直接往嘴里去灌。我是真醉了。

是谁他娘的曾经说过，初恋，是最让人难忘的。

最后的晚餐

明天,就是玛雅人预言中的世界末日了。

张江想来想去,还是决定给王丽打一个电话,约她出来一起吃顿饭。张江喜欢王丽,但王丽这阵子却对张江有些不冷不热的。张江明白,这不怪王丽,自己一个外来的打工族,没车没房,更没钱。王丽凭啥看上自己呢。

可有的时候,人就是往往放不下。

电话是响了好久才被接起的,那端是王丽懒洋洋的声音,喂。张江说,王丽,是我。王丽"哦"了一声,问,有事吗?张江说,明天就是世界末日了,你听说了吗?王丽说,都是谣传,怎么了?张江说,说不定真是世界末日呢,今晚,我想,我想和你吃一顿最后的晚餐。沉默。王丽似乎犹豫了一下,说,好吧。你说地方吧。张江心头不由一阵兴奋,终于能把她约出来了。之前,王丽已经拒绝了他好几次了。张江按捺住心头的狂喜,以极其平和的口吻,告诉了王丽见面的地址。然后,王丽就挂了电话。

天已经漆黑一片了,但璀璨的灯光无疑给了这个黑夜新的光明。张江早早地到了约定的地点——是这个城市最繁华的一个广场,约定的时间已经到了。张江眼巴巴地又等了半小时,王丽才姗姗来迟,一脸漫不经心的表情。张江的脸上多了一丝笑容,说,来了?王丽点点头,说,来了。又问,吃什么?张江说,去了你就知道了。张江带着王丽,先是绕到了广场后面的那条街,又拐了个弯，走上了另一条街。来回绕了好几条街，终于到了一家饭店的门口。

那家饭店王丽来过。这里也是她和张江第一次见面的地方。那天，王丽失恋了，一个人跑来饭店吃饭，吃得泪眼横飞时想要结账，一摸口袋居然找不到钱包了。是张江帮她解了围，主动掏钱付了账。如此，王丽便认识了同在异乡打拼的张江，也许是患难见真情吧，两个人彼此间就有了好感。但现实是残酷的，再美好的事物也经不起现实的冲击。当有一天，王丽发现她想要的那些张江根本给予不了时，就开始变得冷淡……

像是预定好了的，尽管饭店里此刻的客人很多，但王丽那张曾经坐过的座位还空着。张江手一伸，招呼着服务生，然后两个人就面对面地坐下了。张江看着王丽，说，最近，你过得还好吗？王丽说，好。王丽的头微微地低着，尽量避免着与张江的眼神接触。张江装作很轻松的表情，说，你别误会，其实今天我找你来，并没有什么别的想法，这世界末日不是要到了吗？我们也算认识一场，最后吃一顿饭吧，你看好吗？王丽说，你真相信世界末日吗？张江说，当然，我就是当最后一天过的！

然后是点菜，以前点菜，都是王丽点的，张江就坐在一旁，眼中满含着爱意，看着王丽点。这次，张江把菜单递给王丽时，王丽说，你点吧。张江说，好啊。翻开菜单，张江点了一二三四五个菜，都是王丽喜欢吃的。点完，张江问，你看看还想吃什么？王丽摇摇头，说，先就这样吧。

菜上来了。几乎没有说话的声音，只有吃菜的声音。王丽吃得很少，吃得也很慢。张江吃得很多，吃得也很快，一筷子递出去，菜刚塞进嘴里，又一筷子递出去。张江真是当作最后一顿晚餐去吃的。要死，也要做个饱死鬼。

一直吃到晚上 9 点多,张江结完账,和王丽走到了饭店外面。王丽说,那我回去了? 张江说,我送你吧? 王丽想拒绝。张江喃喃着,也许是最后一次了……王丽有些勉强地说,好吧。

王丽租住的是高层,25 楼。电梯载着张江和王丽徐徐上楼,到 15 层时,电梯突然停了,并且是摇晃了起来。王丽的脸苍白一片,张江说,不会是世界末日提前到来了吧? 说这话的时候,电梯又晃了一下,吓坏了的王丽快速地抱住了张江。看着怀里的王丽,张江说,你喜欢我吗? 王丽说,喜……喜欢……张江说,真的喜欢吗? 王丽点着头,很认真的。张江就不说话了,更紧地抱住了王丽,想,要是世界末日在这一刻到来,该多好啊。

初恋时不懂爱情

我出了一趟差。

回来后,小魏跑来汇报,说,处长,咱处里新安排进了五个试用工,资料我带来了,要不您看看? 我点点头,说,行吧,一会我空了看。出差一周积压的活儿,都摆在我案头,山一样的高。临下班时,我打开了那五个试用工的资料,一个,两个,三个,翻到第四个时,先看资料,前半部分有些熟悉,再看名字和照片,我愣了一下。上面的人叫白洁,我的初恋女友。

之后的一天,在单位的走廊里,我碰到了白洁。虽然是知道她也在这里上班,但猛一见面,还是有些让人猝不及防。倒是白洁挺自然,朝我微微一笑,毕恭毕敬地叫了声,曹处长好。我忙摆手,小声说,能不这么叫吗?白洁调皮一笑,说,那叫您什么呢?曹处长。那调皮可爱的神情,似乎又让我回到了从前的那些美好时光。不过,一晃也过去十几年了。我看了白洁一眼,似乎更漂亮,也更有风韵了。和从前的她相比,真是各有特色。我说,一会,你来我办公室一下吧。话一出口,才觉有些唐突。其实,我的想法是叙旧。白洁朝我微微一笑,一点头,走了。

一小时后,白洁果真来了我办公室。我看着办公桌对面的沙发,一抬手,我说,白洁,坐吧。白洁就在沙发前坐了下来。我说,这些年,你还好吗?白洁摇摇头,说,不好。我说,怎么不好了?白洁说,不好就是不好。然后,白洁就不说话了,只是一直拿眼看我。气氛有些沉闷,也有些尴尬。我看了白洁一眼,赶紧又缩回了眼神。我有些不明白,自己这是怎么了,竟像是若干年前的孩子般的羞涩。白洁似乎也看到了这一点,就笑了,说,看来,你还是和以前一样,有贼心没贼胆。我苦笑,真不知该说什么了。桌子上的电话,突然就急骤地响起,像是催命一般。不过倒是也解了我当时的窘况。我想去接,又看了白洁一眼。白洁有些明白了,赶紧站起了身,说,那我先走了。我点点头,就着白洁的背影,接起了电话。门在关起的瞬间,我轻轻擦拭了一下额头的汗。

电话打完了,看着紧闭的门,我坐在那里,不由心潮澎湃。那时读高中,我喜欢白洁,喜欢对着她说话,喜欢对着她笑,喜欢所有她喜欢的一切。但我胆小,有一次我的手不小心地碰触到了她的手。我就发觉自己的脸,莫名地发烫起来。我还看见,白洁正看着我发烫的脸……

后来的日子,有过好几次,我和白洁都会在单位里面对面碰到。每次白洁见到我,都会毕恭毕敬地道一声,曹处长好。我也像对其他同事一般,点点头,说,你好。当然,白洁还是未改她的调皮本色,在和我擦肩而过时,她的脸上,会跳出一个调皮的笑,或是努一下嘴。而我,连我自己都无法理解,我的内心是怎么想。我都是一副很严肃的表情,再以一个很严肃的姿态离开。但我总觉得内心有一团火,一团莫名的火。

那天上午,小魏敲门进来,说,处长,您对那 5 个试用工印象如何?我说,怎么了?小魏说,三个月试用期马上要满了,他们中只能留下一个人,您看留哪一个?我点点头,说,我知道了。小魏走了出去。我拿出了 5 个人的资料。看了一眼,其实就看了白洁的资料一眼,我的心里就有答案了。

中午时,白洁给我打了个电话,说,晚上有空吗?这次,白洁没叫我曹处长。我想了想,说,好像没什么安排,有事吗?白洁说,我想请你吃饭。我的脑子里顿时想到了那 5 个人的资料,想来,既然我准备要留下白洁,她要请我吃顿饭,也是应该的吧。我说,没问题,时间和地点呢?白洁说,我一会给你短信吧。我说,好。为了晚上的赴约,我还特地给老婆打了个电话,说,晚上有个活动,稍晚点回。老婆什么也没问,只说了声,好。老婆对我一向都是很放心的。

下午 2 点多时,我收到了白洁的短信,晚上 6 点,喜来宾馆211 号房间。看着短信,我愣住了,心头的那团火,莫名地燃烧了起来。我不明白,自己这是怎么了,自这次见到白洁后,我发现我一向平稳的心都开始晃荡了。这不就是我所求的吗?我脑子里一阵发热。我开了窗,看着窗外来来去去的人,还有那片蔚蓝的天空。不,这并不是我想要的。

我跑进卫生间,把头沉进了水里。出来时,我拨通了小魏的分机,说,你来一下。小魏跑进来,看见满头满脸是水的我,吓了一跳。我很轻松地一笑,递给他 1 个人的资料。那个人不是白洁。小魏还愣愣地站在那里。我说，还有事吗？小魏忙不迭地摇头，说，没有了。然后，小魏慌里慌张地跑了出去。

门关上了，我拨了个电话，说，老婆，活动取消了，今晚我准时回家……

最后，我又发出条短信，抱歉，临时有个事儿，就不来了。短信晃晃悠悠地发了出去，屏幕上跳出了三个字：已发送！

担　　当

男人累。起早贪黑的，寻思着赚钱还债，对，还要养家。男人的爸妈走得早，女人也就剩一个妈了。

丈母娘得了重症，要花好多钱。

医生冷着脸，问，你们到底是治还是不治，不治就把人领回家，要治就赶紧交钱。

女人傻了眼，不知该如何抉择，家里有几个钱，女人心里是有数的，根本不够那高昂的医药费。不治吧，又不忍心，毕竟是生她养她的亲娘啊。

女人站在那里，犹豫不决。

男人说，治！男人的声音，既高亢又坚定。男人天生就是来担当的。

男人和女人，到处去找亲朋好友借钱。跑东跑西，求爷爷告奶奶地跑了三天。钱凑满了，女人颤抖着手，去交了钱。

手术顺利进行。人却还是没保住。

医生摇摇头，说，对不起，我们已经尽力了。

手术耗时整整十个小时，医生的脸上，写满了疲惫。

是的，他真的已经尽力了。

男人和女人，他们也尽力了。

接下去，他们是要尽力准备还债了。

女人看着男人，说，对不起……

男人轻轻地拍了下女人的肩，别多想了，有我呢。

这个事后，男人变得忙了。男人除了本职工作外，又另找了两份兼职，都是晚间的，还有双休日的。

女人没上班。女人要在家照顾3岁的儿子。3岁的儿子调皮，一个不注意就会摔倒，女人必须好好地看着他。孩子是他们这个家的未来啊。

男人每晚要到十一二点才回来，拖着沉重的身躯。女人都还没睡，问男人，累了吧？男人一笑，说，不累。这点累算什么。女人给男人端出了温热的水，男人在洗脸、洗脚的时候，给男人捶着背。男人是一躺在床上就能睡着的，然后呼噜声就跟着上来了。睡得好熟。

早上5点，天还没亮透，闹钟就急急忙忙地响了，男人揉了揉眼睛，跌跌撞撞地进了卫生间。打上一盆洗脸水，把头让冰冷的洗脸水中一沉，就彻底没了困意。男人就可以开始新的一天的忙碌的工作了。

那一段日子，男人像是一个陀螺，一直在转，没有一刻的停歇。

钱只要是凑足了一点，男人女人就寻思着还给谁。钱赚起来极慢。

借的钱，还了几家，还有几家没还。

男人的舅舅打来电话，再有两个月，表弟就结婚了，舅舅要用钱了。舅舅借给男人的钱，也要还了。舅舅不是一个会轻易开口的人，既然开了口，说明人家是真的也要用钱了。

男人寻思着，还真有些难度，要不，再做一份工吧。

女人看着男人沮丧的表情，疼在心里。

那两个月，男人更瘦了，脾气可也大了。

男人一天回来，看到额头摔肿了的儿子的脸，男人的面色就难看起来。男人朝着女人吼，我天天疯子一样地忙，你就不能给我好好照看儿子……

女人没吭声，任男人责骂。

两个月，一晃而过。

明天一早，就是舅舅约定来拿钱的日子，晚上，男人把钱数了三遍，还是不够，还少两千。男人有些沮丧，看了在客厅忙碌的女人一眼，没说话。男人就进了卫生间。

男人在卫生间待了很久，出来时，眼圈红红的。

男人回到房间。这一夜，男人睡得不够安稳，好不容易睡着了，嘴里还不断在念叨着：钱，钱，要还舅舅的钱……

女人看着，落了泪。

女人从衣兜里，拿出了一沓崭新的钱，两千块钱。

女人把钱悄悄地放在了男人的枕边。

这两个月，女人瞒着男人带着儿子，去给人做保姆。

女人要和男人一起来挑起这个家。

等待一个人

　　小时候,常常看到母亲发呆。一个人呆呆地坐在门口,两眼对着门外,眼里是一片茫然;或是坐在沙发前,电视机开着,看了半天,问她看了什么。母亲摇摇头,反问我,你说什么?

　　上了学。我背着书包蹦蹦跳跳地跑回家,问母亲,我是不是也有爸爸啊?母亲看我一眼,说,是。我说,那我爸爸呢。母亲点点头,说,是啊,你爸爸呢?我愣愣地看着母亲,母亲有些察觉了,朝我苦苦地一笑,说,你爸爸去了外面,他会回来的。母亲的话,像是在和我说,又像是和自己说。母亲的眼神,不由自主地朝着南面看去。我家的屋子,也是朝南的。我还是没听懂母亲说的话,但看着她痴痴呆呆的神情,知道也问不出什么了。我一努嘴,走了。

　　再到学校,有同学问我,你爸爸呢?我说,我爸爸在外面呢。那同学大声说,你瞎讲!我比他还大声,我没瞎讲,不信你去问我妈!那同学喊,你妈是大骗子,你是小骗子!他的话没说完,我就一头撞倒了他。然后我们俩就扭打在一起。在旁看着的那些同学,都有些看呆了,谁都无法料到我一个柔弱的女孩子竟然敢和一个壮实的大男孩打架,并且还丝毫不弱下风。

　　母亲被老师叫到了学校。我低着头,站在老师办公室的一角,母亲也低着头,站在老师办公桌的前面。老师在给母亲述说今天发生的事儿,一字一句,一板一眼,母亲静静地听着。我还听见老师在问母亲,好像从没看见李晓婉的父亲啊?李晓婉是我的名字。母亲"哦"了一下,说,你说她父亲啊,是这样的,多年之前,她父亲就去了外地……母亲不停地在给老师解释,絮絮叨叨,啰啰嗦嗦地讲了一大堆。也许是讲的时间太长了些吧,我看到老师在不停地翻看着自己的手表,间或,老师还不时皱了下眉头。最后,老师似乎是有些克制不住一般,站了起来,并且打断了母亲的话,说,李晓婉妈妈,我知道了,她爸爸是去了外地,你放心回去吧。母亲很满意地点着头,脸上像是盛开了一朵花儿,牵着我的手,大摇大摆地走出了办公室。

再有同学问起我有没爸爸时,我就很理直气壮地告诉他们,我有爸爸,我爸爸去了外地。然后,我再一撇嘴,不信,你们问老师去!没人会去问老师,谁会为那么一个小事去问老师呢。

后来,我就长大了,我一直没看到我爸爸,我几乎已经忘记了爸爸这个名字。我的眼中有了另一个男人的影子,他叫朱自豪,是我的大学同学,很帅。

我把朱自豪带回了家,带给了母亲看。在母亲进厨房洗碗时,我也悄悄钻进了厨房,附在母亲耳边,问她,妈妈,你说他帅吗?母亲回过头,朝我微微一笑,说,帅,很帅,帅极了,帅呆了。好不好?我笑了,一脸微笑地走出了厨房,满是柔情地站在了朱自豪面前。

当有了爱情,其他的一切都成了次要。我和朱自豪很快就住在了一起,一起上班,一起下班。一起看星星月亮,一起等待日出日落。

那一天,朱自豪和老板大吵了一架,回到住处时,心情很差。那个晚上,朱自豪喝了好多的酒,喝完就抱住我又哭又笑的。我摸着他的头,说些安慰的话。不知折腾到了什么时候,我们都睡着了。醒来时，我看到一堆的空酒瓶，桌子上，是朱自豪留下的一封短信，说，小婉，当你看到这封信时，我已离开了这个城市，我要出去赚大钱，我会给你一个无忧无虑的未来。等我！爱你的自豪。

带着这封信，我回到了母亲那里。我摸着肚子，站在母亲常常站的门口，目不转睛地对着南面看。我忘了告诉朱自豪，其实我已有了他的孩子。

母亲看着我。我看着母亲。

我早已读懂了母亲。

都是 QQ 惹的祸

若干年前，我没有 QQ。

与朋友见面，大家交换着 QQ 号，又问我，你的 QQ 是多少？我摇头，说，没有。他们都一脸诧异的表情，说，你怎么可以没有 QQ 呢，赶紧去注册一个吧。他们的神情，就如同我出门坐车不买票一样。我羞红着脸，再三点着头，说，好。

于是我就在网上注册了一个。

注册了我也很少上，加我的好友很少，基本也就是个位数。当然，我也没怎么把我的 QQ 号告诉给别人。甚至，我都很少把 QQ 挂起来。

后来几个朋友又碰面了，大家问我，你最近很忙吗？我说，没有啊。大家又说，那你怎么不挂 QQ 呢，我们找你找不着。我苦笑,你们找我可以打我电话嘛。大家笑了,说,你傻啊,打电话要钱,QQ上聊天不要钱。我再次羞红着脸,像是做错了事的孩子。

于是,我就不敢不挂QQ了,我怕又招来大家一顿批评。

但我挂了又没人和我聊。

于是我就偶尔挂上QQ,偶尔又退了下来。

我每天都坐公交车上下班。我一般都会在一个时间从家里出发,于是就坐上了同一辆公交车。说来很巧,我总能在那辆车上,碰到一个女孩。女孩很漂亮,是我喜欢的那种。见得多了,我忽然就有了种想认识她的冲动。我想一个单身男人是应该有追求幸福的权利。一天,女孩就坐在我的邻座,我想问她手机号是多少,话到嘴边,我说,你的QQ号是多少?女孩有些奇怪地看了看我,看起来,她对一个陌生男孩的主动攀谈有点意外。半晌,女孩说,你告诉我你的QQ号吧,我加你吧。我说,好,好,好。我连说了三个好,可见我当时的心情是多么的激动了。我在女孩递给我的便签纸上,郑重其事地写下了我QQ号的阿拉伯数字。

我信心满满地到了单位。

打开电脑,我做的第一件事就是上QQ。

整整一天,我都是在无比煎熬中度过的。几乎每过三分钟,我都会去点开QQ看一次,看一看女孩是不是已经加我。但没有,始终是没有。充满了煎熬、难耐的一天。

后一天一早,我碰到了女孩,她离我比较远,我不好意思问她。我只好到了单位,就马上点开了QQ。我多么期盼着奇迹能出现啊。

又是等了一天,还是没有加我。晚上回到家时,我忽然在想,会不会是这个女孩白天太忙,或许她晚上会上QQ呢。我上线了一个小时,居然还真有人要加我,还是个女的。

我赶紧点了同意,脑子里一阵亢奋。

那个女人一上来就问我,孩子们对你好吗?

我真有些摸不着头脑。很快我就明白了,我的 QQ 资料里,我填的岁数是 57。我去点开这个女人的资料,显示的岁数是 55。

我真有些哭笑不得。

但那女人还在和我聊,问我一些生活中的琐事,还和我抱怨着太孤单,老伴十年前就过世了,这些年她过得很苦。

我本来是不想理她的,但我以前学过社工,我知道一个孤单的老人的日子,确实也不容易。我就很有些感同身受地劝慰了她几句。

后来的几个晚上,我一上线,她一准就上来找我,搞得我挺无奈的。

一个月下来,女孩还是没加我,甚至于在公交车上再碰到那个女孩时,她看到我都躲得远远的,我不由有些气馁。

我觉得自己就像是失恋了一般,茶饭不思。

我干脆就不上 QQ 了,看见它,我就觉得伤心。

那回双休日,我在家里想睡个懒觉。就听到门口有嘈杂的声音,吵得我都睡不着觉了。我披了件衣服就跑了出去。

还没走到门口,我就远远地看到,一个花枝招展打扮得极为妖艳的中年女人,正神采飞扬、滔滔不绝地说着我在网上和她聊的那些话儿,边说边朝着我爸不住地抛着媚眼。说到后面,还不无埋怨地说,你最近咋不上 QQ 了呢?惹得我妈,一双眼珠子都恨不得要去杀人。而我爸,是一脸茫然。

我后背直发冷,这女人不会是查了 IP 地址找来的吧。

风雨后的阳光

没事的时候,刘芸会去阳光孤儿院,去见见那些需要照顾、需要关爱的孩子。阳光,很温暖的一个名字。每每看到这个字眼,总让人觉得心底像是淌过一丝热流,灌满全身每一个角落。

有一个叫聪聪的小男孩,特别招刘芸喜欢。聪聪4岁了,很懂事,每次一看到刘芸过来,远远地就会喊阿姨,并且露出一脸甜甜的微笑。一点都不像是一个被遗弃,少人照顾的孩子。刘芸把聪聪搂在怀里,问他,想不想阿姨?聪聪总是眨着他那双黑亮的大眼睛,说,当然想了,阿姨,那你想我吗?刘芸点点头,说,想!然后,刘芸和聪聪相视而看,会心地笑着。

有一天,刘芸去孤儿院时,看到有一个男人,在大草坪上正逗着聪聪玩。看得出来,男人和聪聪玩得挺合拍的。男人,差不多是和刘芸一样的年纪。刘芸走上前去时,可爱的聪聪早就看到了她,像往常一样,大声喊着,阿姨,阿姨。刘芸走到时,男人很绅士地伸出了手,说,你好,我叫杨一。你就是聪聪经常提起的刘芸阿姨吧?刘芸也伸出了手,说,你好,我就是刘芸。

接着,刘芸和杨一一起带着聪聪在大草坪上奔跑,玩耍,或是做游戏。跑累了,玩疲了,聪聪还在乐呵呵地一个人转着圈儿玩。刘芸在草坪上坐了下来,杨一也坐了下来。刘芸说,你也经常来看聪聪吗?杨一点点头,说,有一段日子了吧,看起来你很喜欢聪聪。刘芸说,是。又说,难道你不喜欢聪聪吗?杨一没说话,倒是笑了。

走出孤儿院大门时,刘芸向左,杨一往右。刘芸刚要离去,杨一忽然喊住了她,说,方便留个电话吗?刘芸转过头,看了杨一一眼。杨一忙解释,没别的意思,我是想以后聪聪想你时,可以用我的电话打你的电话。他很勉强地解释,有些紧张的表情。刘芸倒显得很淡然,报了一串数字,是她的手机号码。

那天,刘芸在办公室里正忙着,电话就响了,一接,是杨一。杨一说,你好,刘芸吗?刘芸说,是,您哪位?杨一说,我是杨一啊。刘芸说,哦,有事吗?杨一说,这个周六你有空吗?我想去看看聪聪。刘芸说,行啊,应该没问题吧。然后就各自挂了。

到了周六,刘芸跑到孤儿院时,杨一已经到了,正陪着聪聪在活动室里打乒乓球。别看杨一看起来文文弱弱的,但和孤儿院的一位老师交手时,还真打得是虎虎有声。把那个老师打得是只有招架之力,没有还手之功。刘芸不觉看得有些愣神了。直到聪聪喊了声,阿姨。刘芸才有些醒悟过来。再看杨一时,就看到他在对着自己笑。

这天,离开孤儿院时,天已微微有些黑了。杨一说,我请你吃晚饭吧?刘芸愣了愣,想拒绝。但话到嘴边,居然变成了,好吧。连刘芸都莫名其妙,自己这是怎么了?本该是拒绝的啊!

也就是在这天晚上,刘芸知道了杨一还是单身,而杨一,也知道了刘芸也是一个人。谁也没说更多烦琐的话语,只是相约,下个周六,再一起去孤儿院看望聪聪。

短短的一年时间,也就是在阳光孤儿院,也就是在围绕着聪聪。4岁的聪聪变成了5岁的聪聪。刘芸和杨一居然恋上了。刘芸也不明白,这杨一身上,到底是有什么吸引了她,看起来是稀松平常的一个男人啊。

从杨一投来的深情的目光中,刘芸想到了结婚这个字眼。刘芸也觉得杨一是个值得依靠的男人,但刘芸心头,总有一个想法,如果杨一向自己求婚,她就要求,一定要领养聪聪,把聪聪当作自己的孩子一样。

那天,在家里烛光晚餐时,杨一从怀里摸出了一枚钻戒,单膝着地,说,刘芸,请你嫁给我吧!刘芸刚想说什么呢。杨一又说,我还有一个请求,我想结婚后,我们领养聪聪,共同好好抚养他,你说好吗?刘芸很惊讶,还是很欣慰地点了头。

就在新婚的那个晚上,聪聪躺在他们婚房的小床上,早早地睡去。刘芸从包里掏出了一张被塑封的黑白照片,照片上,有许多如聪聪一般大小的孩子。那是一群被遗弃的孤儿们的合影。小时候的刘芸也在其中,后来就被她的养父养母给收养了。

刘芸刚拿出照片时,就看到杨一也拿出了一张合影。居然是和刘芸一模一样的照片。杨一和刘芸,相视而看,眼睛都睁得大大的。

逛街遇上前男友

周六,天气不错。

我拉上在房间打游戏的先生,说,陪我逛街去吧。先生摇头,说,不去,不去。我板着脸,嘟嚷着嘴,说,到底去不去?先生抬头看了看我,苦笑着说,去,我去还不行嘛。

从一家服装店出来,站在大马路前时,远远地,我看到有一男一女朝我们走来,在远处看时,我总觉得有点熟。走近了,我脑子里突然就嘈了一下,坏了,这不是我前男友吗?我忙去看先生,先生摇头晃脑地,好像也在盯着前男友看。先生是看过我以前的照片的,那里还留有几张我和前男友合影的照片。

在当时,我的第一反应,是拉着先生赶紧走。但似乎是来不及了,前男友已经就在眼前了。我不由扫了眼前男友身边的那个女人,很漂亮,当然,比起我,可能还差一些。我暗自庆幸着。

前男友似乎也不想和我见面,但见我杵在那里,就跟我打了个招呼,说,你好。我点点头,说,你好,真巧啊。然后,我就给先生介绍,说,这是我同学李三。先生点点头,和前男友握了下手。我不能确定先生是否已是认出了前男友,但那一刻,我只有装傻充愣的份。最好是先生认不出来。前男友也给他旁边的女人介绍,说,我同学张美丽。那个女人朝我微微一笑,算是打了个招呼。我也一笑。

然后,前男友说,我们还有点事儿,回头有时间,来家玩吧。我笑笑,说,好啊,一定拜访,你们有空也来玩啊。前男友说,没问题。

相互招手挥别。

看着前男友和那女人慢慢远去地身影,我冷冷地笑着,说,我都不知道他们家住哪。我这话,其实是说给先生听的。当然,我真的不知道前男友究竟是住在哪。分手后,就一直没再联系过,差不多已有五六年了。

可先生,似乎对我的话有点无动于衷。先生的头,还在看着前男友他们远去的身影出神,似乎是若有所思的样子。

我心头忽然有些不安。

我有些后悔,我真不该把先生硬拉出来逛街啊,看来先生心头,肯定有了别的想法。特别是前男友临别时的最后一句话,分明是暗含着挑衅的味道。要知道,当年是我主动提出分的手。前男友看到我身边的先生,是有了醋意。

就连接下去的逛街,先生也有些心不在焉的。我拿出一件衣服,问先生,好看吗? 先生点头,说,好看。我又拿出一件衣服,问先生,是不是很难看? 先生点头,说,确实难看。我快要疯了。我两次问的是同一件衣服啊。

我有点不高兴,是很不高兴。

我朝先生瞪了一眼,我本来想骂他一顿,但又有些不敢。我知道先生的脾气,他是属于平时温和,但如果真惹怒了他,可就真没好果子吃了。今天理亏的绝对是我,没什么好说的。

我说,回吧?

先生点头,说,回。

来时,我们是并肩走的。

回时,先生在前,我在后。我想拉住先生,但他走得太快。我根本跟不上他的脚步。

到家后,说实话,我是很想向先生解释的,我要告诉先生,其实,我和前男友,根本就没有什么,我压根就不知道他住哪,我更不会去他们家。自从和他分手后,我就再没和他联系过了。

可看先生像是有心事的神情,我欲言又止。

晚饭,吃得没滋没味。

这一晚,睡得不是很踏实。

先生去了书房,很晚才回来。

我知道先生是有写日记的习惯,先生以为我不知道他日记藏在哪里,其实,我都知道。

第二天一早,我早早地起了床。

趁着先生还在熟睡，我轻手轻脚地走出卧室，进了书房。打开书橱最上面的一格，里面的一本《大百科全书》中，就夹着先生那小小的日记本。

打开日记本，我找到了昨天的日期，记得不多的文字，差点就让我晕厥。

今天陪老婆逛街，我遇上了前女友，想不到竟然嫁给了老婆的同学，不知道老婆发现没有，要不要和她说呢……

过 家 家

我忘不了一个人。

我一直在想着青梅竹马这样一个词。

在我小时候，有很长一段时间，是在外婆家度过的。父母要上班，没人照顾我。母亲就把我送到了外婆家。

那时，还常唱摇啊摇，摇到外婆家……

外婆很疼我。

总给我一堆母亲小时候读过的书，我就把书一本本地在地上摊开，摊完后，又合在一起。再去摊开。摊摊合合的，倒也挺好玩的。

外婆家的女孩子也多，有四五个和我同龄的女孩子。

当然，那个时候我还不懂什么男孩女孩。

小孩子嘛，哪懂那么多。

在外婆家玩得无聊了，就去找她们玩。

那个时候，外婆还住老宅，还没造新房。她家就住在外婆家的后院。因为近，我多半都会去找她。

她的父亲，是个泥水匠，经常不在家。她的母亲，好像总是坐在门口，看见我，唤我的小名，说，来外婆家了？我点点头，说，是。我问她的母亲，她在家吗？她的母亲说，在房里呢，你进去吧。我"哦"了一声，就去了。

有时想想，那时的我和她，也不知道聊些什么，反正，聊得好像还挺欢的。

小孩子的想法，我现在完全是体会不到了。

然后是要到吃饭时，外婆就会在前院喊我的名字，叫我吃饭。

我大声"哎"了一下，就和她说了再见。

走出门时，又能看见她的母亲。她的母亲会客气地说，在这里吃饭吧，别回去了。我摇摇头，然后逃也似的跑了。

有时候，我们还会出去走走。

油菜花开得正盛，走到田埂上时，到处都能闻到油菜花飘散开的香味，侵入心脾。我和她一前一后。

我说，真好闻啊。她笑笑，没说话，只是点了下头。

我说，我给你采一朵吧。她摇头。

可我已经采了。

她居然有些不高兴，说，你把花儿采下来，她会疼的。我愣了，不知该说什么好。

我再去外婆家时，她的母亲破天荒地没在家，只有她在。我说，你妈呢？她说，出去了。我"哦"了一声。

她忽然对我说，我们玩过家家吧？我说，好啊。

于是，就在他们家的厨房，她拿出了锅、铲子，装作给我烧饭的样子。我也要帮忙。她阻止了我，说，不用，我来。家里的活儿，就是该女人做的。我坐在椅子前，接过她递过来的报纸。她说，你看报，一会吃饭叫你。

吃完饭，她进了她的房间，抱了个洋娃娃出来，用被子裹着。她说，孩子跟我的姓吧。我摇头，说，不行，要跟我的姓。我听说过，孩子要跟男方的姓。

她突然就哭了。

我被她哭得乱了方寸。我最怕女孩子哭了。我说，行吧，行吧。就跟你的姓。她止住了哭，还微微有了笑意。

后来，她很认真地看着我，说，那我长大了，就嫁给你，好吗？到时，孩子跟我家的姓。

我说，好。

我怕她又哭，我只能说好。

后来我们长大了。

外婆家搬去了新房，离她家有了点距离。我的学业也忙了许多，去外婆家的次数，也少了。

一次去外婆家时，外婆说，她来找过你。我愣了愣，她来找我？

外婆说，她问我要你的电话，好像有事情找你。我说，那就给她吧。我把电话留给了外婆。

那一天，我果真接到了她的电话。

她的声音有点低沉，她问我还记得她吗。我笑笑，说，当然记得了。她停顿了半天，似乎有些欲言又止。最后，她说，你下次来外婆家，能来找我吗？我说，当然可以。

之后。我好像去了几趟外婆家。我每次去外婆家都很匆忙，匆忙到把她的话都给忘了。

后来的一天，我去了外婆家，我想起了她叮嘱我的话，我跑去了她家。

她家的门口，张灯结彩。

那天，是她结婚的日子。

我没走进去，我只是在她家的门口徘徊了一会。

回到外婆家，外婆告诉我，她的父亲，从小就有点重男轻女，生了女儿，总觉得就断了后。因而，她要嫁的人，将来孩子一定是要跟她家的姓。可一般的男孩子谁愿意让孩子跟他们的姓呢。

外婆幽幽然地叹了口气，说，她这次嫁的，不是很好啊。

朝着她家的方向，我木然地发呆了很久。

恋曲 2004

2004 年，我，23 岁，从一个工地到另一个工地。我是绿化监理。

在与建设单位，施工单位的三方碰头会上，我见到了一个女孩，很漂亮，看上去也很清爽。一般工地上连女人都很少，更别提漂亮女孩了。施工单位的老板，一个五大三粗的男人给我们介绍，说，这是我们的资料员，何贝娜，小何。

渐渐地，我们就有些熟了。

在办公室，我检查小何上交的资料，厚厚的一沓资料，一翻就翻了好久，终于是看完了。我舒展了一下臂膀，问小何，要不要去楼下的工地上走走？小何说，好啊，我一直是做资料，对施工现场可真是一窍不通，正好你帮我指导指导。我笑笑，说，你是过谦了。

到了工地上,我也不知道给小何讲解什么好,只是碰到什么,就指给她看,说,这是香樟树,这是女贞树,还有,这是黄馨,这是红枫等等。

小何不时地会惊呼一声,说,哦,这就是那什么啊。我做资料时,记得是做到过的。我赞许地点点头,说,看来你记性不错。

对着一处蓝紫色的植物,小何站住了,说,这是什么植物啊?我说,薰衣草。小何似乎惊了一下,说,这就是薰衣草?从小,我就有一个梦想,我将来的婚礼,要在一大片薰衣草园中举行。我想,我会是最幸福最美丽的新娘。我心中一动,脸上依然笑眯眯的,说,我看你是言情剧看多了吧。

工地上的夏天,因为早晚比较凉爽,中午的几个小时,大家都会选择睡会午觉。

我是吃住在工地上的,有单独休息的宿舍。小何没有,坐在办公室的空调下一个劲地犯困,几次头都低垂到了桌子上,又抬了起来。我说,小何,要不,你去我房间休息会吧?小何犹豫着,说,这,还是算了吧。我笑了,说,你放心,我中午一般都不睡,你去了,我也就不过来了。小何又看了我一眼,说,那我真去睡了?我说,去吧。然后,我就把钥匙递给了小何。

晚上,我睡着觉。我忽然想到了这张床上,中午小何是在上面休息过的。我的心头,猛地就闪出了小何的所有音容笑貌。我还想到,小何说的薰衣草的婚礼,是不是,我可以给她一场这样的婚礼呢。我的心顿时就狂跳起来。

我能确认,我一定是喜欢上了她。

可直到工地结束,我终没向小何表白什么,我真不知道该如何向他表达。我怕被拒绝,我怕到最后,连朋友都做不成了。23

岁的我,真的是有些不堪。

后来几年,我一直和小何保持着联系。

那一次,我在南汇的一个工地上班。小何给我打电话,说,我去南汇县城附近参加一个活动,要不要见一面?我说,当然要了,那我请你吃晚饭吧。

本来约好是6点吃晚饭,活动的地方留了晚饭,小何走不开。我在县城的街头,一直徘徊着等到近8点,小何才姗姗而来。

在街上聊了会,我说,要不我们去找个地方吧,不能一直在这马路上站着吧?小何说,行,要不,喝咖啡?我说,不好。想了想,我说,要不我们去看电影吧?小何说,行。

走了四五分钟路,便是家影院。我在这待久了,真有点熟门熟路的感觉。

放的电影是《青春期》,幽暗的电影院里,我就坐在小何的身畔。似乎还是第一次,我坐得离她这么近。忍不住,我心头小小得意了一下。

电影放到动情处时,不知是不是受到了感染,我竟握住了小何的手。小何挣开了,我又握住。如此反复几次,我看到小何看我,她没说话,我也没有。

电影放完,我们俩肩并肩走出影院时,小何看了我一眼,说,我要结婚了。我的心猛地一冷,说,真的吗?什么时候?小何说,下个月。小何又说,我想,我们以后不要再联系了。不等我说什么,小何已经快走几步,在马路边拦了辆出租车,慢慢消失在我的视线之中。我就很茫然地站在那里,一动不动。

时光匆匆。

也就是昨天,我一个人在市区闲逛。很意外地,在一家大型商场的门口,我竟看到了小何。远远地看着,似乎变得成熟了,但也更漂亮了。

我是想过上前打招呼的。

然后，我看到小何的身旁，一个四五岁的小女孩一蹦一跳的，长得真像小何。还有一个男人，看上去很温文尔雅，轻轻拍拍小何的肩，眼中充满浓浓的爱意。

我转过了头，想要逃离。

走了有几十米，我忽然在想，小何的婚礼，一定是在那一大片的薰衣草中举行的！

想着，我的眼前忽然一阵模糊。

那些年，我们一起追过的女孩

那一年。室友童虎熄了灯后，悄悄地告诉我，他喜欢上了一个女孩。童虎还给我描述女孩的相貌，乌黑亮丽的长发，长长的眼睫毛，鹅蛋脸，一笑，整个酒窝就凸现出来。很美。极美。非常之美。童虎连用了 3 个"美"字。我说，有这么夸张吗？童虎喃喃地说，她就是我的女神！

阳光灿烂的一天，童虎带着我，去见那个女孩。童虎还不认识女孩。我们原本的打算，是和女孩擦肩而过，童虎再三要我答应，不能有任何的非分之想，朋友妻不可欺啊。

当女孩怯生生地站在我面前时，我就像根竹竿样杵在了那里。童虎看到了同样愣住的女孩。发觉脑子不够用了，尴尬地看了看我，又看了看女孩，不知说什么好了。

是女孩先开的口,说,你好。我苦笑,回了句,你好。我说,你也考了这所学校吗?女孩点头,说,是。

女孩是秦晓,我青梅竹马的玩伴。小时候一起玩过家家,我们抱着一个洋娃娃,她做妈妈,我做爸爸。我说,孩子要嘘嘘。她接过,摇着娃娃,说,乖,妈妈抱你去。后来,我们的恋情影响了她的学业,我考上了这所大学,她落榜了。她的父母瞒着秦晓找到了我,让我不要影响她。我狠狠心,和她提了分手,就再没联系过。

我们没再多话。离开时,秦晓说,有电话吗?我说,有,给了她一个号,又问她要了个号。

回到寝室,童虎说,哥们,你认识那女孩啊。我点头,说,是。我刚想说对不起之类的话。童虎又说,你们俩很熟吧?改天介绍我认识吧。我的脑子里又想起了答应秦晓爸妈的事儿,我狠狠心说,是,那是我妹妹。我还特别重申了一句,我小时候认的干妹妹。

童虎使劲拍我的肩,乐坏了。童虎每次一高兴,总喜欢拍别人的肩。

第二天一早,我拨通了秦晓的电话,约她下午在学校的大操场的一角见面。秦晓很高兴就答应了。

下午,我没去大操场,童虎去了。我本来就是帮童虎打的电话。

童虎打扮了半天,喜笑颜开地出了门。

整个下午,我待在宿舍,哪也没去。我等着童虎回来,使劲想他们会聊什么,秦晓真的会喜欢童虎吗?我想了一下午,天漆黑一片时,走廊里响起了一阵亢奋的歌声。门打开,童虎像是拣了什么宝,满脸带着笑。

我小心翼翼地说，顺利吗？童虎说，顺利，我们沿着大操场走路，走了一圈又一圈……我听着愣了，说，后来呢？童虎说，后来我们就饿了，就在食堂吃饭，然后我就回来了。

后一天，秦晓打我电话，我没接。接着童虎的电话就响了，童虎接了，然后朝我眨了下眼，说，你找方明啊，他不在，和女朋友出去了。我苦笑，重色轻友的家伙。

我的郁闷随着童虎和秦晓的交往，愈加强烈。我有时在想，是不是应该放弃，成全别人？首先，我答应过秦晓的爸妈，其次，童虎是我最好的哥们，我为他发过誓……

临毕业那年。以为童虎和秦晓会有一个圆满的结果。我深爱的女人，和我最好的朋友在一起，我并不觉得心里有多少难过。我觉得，这样也挺好。

童虎打了我电话，说，秦晓走了，没毕业就走了。

走了？我愣了，没反应过来。

秦晓去了美利坚。

哦。我淡淡地说了个字，没再说话。

过了三五年吧。

我还单身着。我常常想起秦晓，有时我会想，若那年，是我和秦晓交往着，她还会不会没读完大学就去了美利坚。一想到这，我的心头就隐隐作痛。世上，可惜并没后悔药。

我想着，电话就响了。是童虎的电话。

童虎说，秦晓回来了，我们去看看她吧。

我说，在哪呢？

童虎说了地址。

我说，马上到。

一路上，我都想着，这一次，我不能再让着童虎了。不过。童虎这几年也没结婚,甚至连女朋友都没有,不知道,是不是也对秦晓余情未了呢。

在那家英伦豪华宾馆。

我们见到了秦晓,一如多年前那么美丽动人,甚至,更显魅力了。不经意地看到了站她身旁的一个外籍男人,秦晓看我们在看那个男人,忙介绍,戴维,美国人,她的丈夫。当着我们的面,他俩很亲密地来了个美式的亲吻。

出宾馆后,我们去了一家酒吧。

没喝几口,我俩就醉了。醉了后我和童虎就厮打在一起,童虎吼着,说,你明明喜欢她干吗还要把她让给我,你这样是对我对她对自己的不负责任! 被酒吧的人赶出去后,我们躺在门口的青石板前,忽然又抱在一起哭,然后大喊,狗日的美国佬!

你想吃话梅吗

她最喜欢吃的,就是话梅。

她喜欢那种酸酸甜甜的味道。

家里穷,她不是想吃就能吃到的。他是她的同学,一个羞涩的男孩。他常常站在远处静静地看她。他以为她是不知道的,但她都知道,她在想,要是能让他这么一个大男孩脸红一样,会不会很有趣? 她是个调皮的女孩。

那个阳光灿烂的午后,她偷偷地看了他一眼,装作不经意地朝他走去,不期然地用肩膀碰了他肩膀。他还没反应过来,她倒恶人先告状起来,说,同学,你干吗撞我?她的质问引来了好几个同学的围观,大家起着哄,说他,你怎么能这样呢?太不像话了!他什么都没说,脸涨得通红。她装做一脸无辜的表情,心头早已得意地乐开了花。

没有话梅吃的日子,她嘴里没有味儿。她很难受。从教室里走到了教室外,又从教室外走进了教室里。家里没钱了,她不能再问爸妈要钱去买话梅了。当她再一次从教室里走到教室外时,她就看到了他站在门口,似乎在等着她。她有些疑惑,他还在记恨那天自己故意撞的他吗?他鼓足了勇气一般,从口袋里掏出了一包话梅,递给她,说,给你。她的第一反应是拒绝,但她不明白,自己的手却顺势接过了话梅。她说,谢谢你。他反而有些不好意思,像是她把话梅给了他。

回到教室,她迫不及待地打开了那包话梅,将一颗话梅塞入口中,那种酸酸甜甜的味道,又一次让她兴奋。品尝着他给她的话梅,她在想,他怎么知道自己想吃话梅?她忽然有些懊恼,为那天的调皮。

后一天有一节体育课,她看到他一个人,在操场边玩着双杠。她跑了过去,说,那天推你的事儿,不好意思啊。还有,谢谢你的话梅。他说,没事,我知道你那是开玩笑。她说,你怎么知道我喜欢吃话梅呢?他的脸在那一刻,竟又涨得通红。她想笑,真是一个脸薄的男孩。她鼓励他,她说,你说吧,我都不怪你。

他又看了你一眼,说,我看到你好像特别爱吃话梅,其实,我是喜欢你吃话梅时的样子,很优雅,很美丽。优雅?美丽?她不由想笑,什么词汇啊。她想说他,心头却莫名地有种暖暖的味道,没理由的。

后来,她每次吃完话梅时,就总向他要。他也总能从口袋里掏出一包话梅，带着腼腆的笑递给她。她不明白自己是怎么了，为什么想吃话梅就到他那去拿了呢。他又不是她的谁。而他，似乎口袋里总有掏不完的话梅，每次，也都是一副心甘情愿的表情。好像这一切都是理所当然一样。

后来，他们双双考入了大学，还是同一所大学。

在大学里，他还给她话梅吃，她也都乐于接受。她从来没承诺过，要做他的女朋友。他也从没要求过，要她做他的女朋友。在大学里，不再是只有一个他给她话梅吃了，有许许多多想追求她的男孩子，都拿着话梅给她吃。而她，居然也是来者不拒，一一收入囊中。她似乎已经不再需要他一个人给她话梅了，甚至于，他给的话梅，给不给都已经无所谓了。她寝室的抽屉里的话梅，足够让她吃好长一段时间了。而且，还有更多的话梅，正源源不断地给她送来。

他的这个人，也像是话梅一样可有可无。转而，他就没影了。

话梅吃多了，她忽然也有点厌了。她想到了最近一直给她打电话的那个男人。男人是很有钱的那种，男人从没给她送过话梅，男人只是带她去了一个她从没到过的豪华饭店，据说，那一顿饭，要用五位数来结算。那一顿饭，足够让她毕生难忘，那味道，真的不是话梅可以比的。在从饭店回来的那个晚上，她就把满抽屉的话梅都扔了。

男人还带她去了一个前后都是花园、喷泉的地方，男人说，若是你愿意，以后你就可以住这里了。她给那个男人拨了一个电话，她只说了一句，你来接我吧。

住在那个叫别墅的房子里，她一开始还挺高兴的，每个月，男人都会给她一笔钱，他说，缺钱了，你随时向我要。她又去了那家豪华饭店，狠狠地吃了一顿。她有些疑惑，居然没有了上次那般诱人的味道。

　　在别墅里待了一段时间,她忽然就觉得有些无聊,想出去走走,又不知道往哪走,她发现自己根本找不到方向。

　　那天一早,她如往常一般在房间里熟睡。门突然就噼里啪啦被踢开了,一个打扮得极其妖艳的中年女人,带着三个女人就闯了进来,中年女人狠狠地甩了她一巴掌,骂她狐狸精。她依稀看到过女人的照片,好像是男人的老婆。眼瞅着要吃亏,她猛地推开一个女人,就跑了出去。

　　她一脸茫然地走在大街上,她真不知道,接下去,她又该往哪儿去。

　　腰间的手机,很适时地响起。

　　是他暖暖的声音,你想吃话梅吗?

　　已经有太久太久没听到他的声音了,她忽然想着了他第一次给她吃话梅的情景,猛地,眼前一阵模糊。

你想我吗?

　　陈实在是个有仇必报的人。

　　这不,同一办公室的大李,不仅在工作中奚落他,并且还在主管跟前打小报告说他的不是。陈实在把这事记在心里。下班后,就没回家,找了个路边贩卖手机卡的小商贩,买了一张不用登记身份证号的电话卡,轻轻地装进了自己的口袋。

　　在家吃完晚饭,陈实在坐在沙发前,把自己手机里的号码取出来,换了这张没用过的电话卡。悄悄地,就给大李发了条短信,你想我吗?发完,陈实在又把卡取出来,换回自己原来的卡。

没有名字。这一署名不就穿帮了吗?发这四个字,足也。

陈实在了解大李,很能耐的一个男人,唯独就怕老婆。这会,大李应该是在家里,手机响过,或许大李老婆会看到,或许大李老婆看不到,这都不要紧。

第二天一早,陈实在看到大李进办公室时,神态自若。晚上,陈实在坐在沙发上,又换下卡,给大李的手机发了条短信,你想我吗?发完,陈实在又把卡换了回来。

整整一周,陈实在都几乎是在同一个时间,把短信发了过去。陈实在心头暗暗发笑,不信你老婆看不到。

一周后的一天,大李几乎是红肿着眼进的办公室,脖颈间还有明显的划痕,问他什么,也支支吾吾的,连做数据,也是做得一塌糊涂。临下班时,大李被主管狠批了一顿。

后几天,又传,好像大李要闹离婚了。

陈实在就停了短信,想,这就叫恶有恶报,谁让你得罪了我!

一段时间后,公司里另一部门的主管,没事总喜欢找陈实在的岔,说他这个不好,那个不好。这让陈实在的心里挺不爽,我又不是在你的部门,你凭什么管我呢。

陈实在在公司的通讯录上,找到了这个主管的电话,下班后,又去买了张不用登记身份证号的电话卡。还是这个办法,陈实在已经打听过了,主管在外地出差的老婆,马上就要回来了。

在主管老婆回来的当晚,陈实在用那个卡号给主管发了短信,你想我吗?手机还没来得及关,主管的电话就打来了,着实吓了陈实在一大跳。陈实在赶紧摁掉电话,又关了手机,很久,心才慢慢平复了下来。

连着半个月,陈实在几乎是同一个时间,给主管的手机发了短信。在关机时,主管用短信质问,你到底是谁?陈实在哈哈一笑,删了短信,又关了电话。

接下去,主管就再也没精力来批评陈实在了。

陈实在在走廊里,撞见过主管,看上去真的是灰头土脸,疲惫不已。估计在家里,早就已经闹得是鸡飞狗跳了。

看来,这一招可真灵。陈实在为自己的主意自豪了很久。

可有一天,陈实在坐在沙发上时,突然收到了一条陌生短信,短信的内容也是四个字:你想我吗?

陈实在有些愣住了,还好老婆在厨房间里忙着洗碗。

陈实在赶紧就把短信给删了。

虽然陈实在在外面根本没有什么女人,又何谈会有人想自己呢?但如果真被老婆看到,这事就解释不清了。女人嘛,多半都疑神疑鬼,对付大李和主管,利用的也是女人这样的一个心理。

想不到放鹰的人,居然被鹰啄到了。

陈实在想,看来这办法,别人也在用。那就说明,这种短信,还会发过来。

所以在第二天,陈实在一下班就把手机给挂了。在沙发前看电视时,老婆接了个电话,走过来问他,你怎么把电话关了?你一个朋友找你。陈实在忙掏出手机,做出不经意的表情,哦,没电了啊。陈实在就站起了身,去了趟卧室,换了块电板。在换电板时,短信果然来了,陈实在直接就删了,然后神态自若地走了出去。

第三天,陈实在特意调了静音,短信来的时候静悄悄地⋯⋯

第四天、第五天,陈实在都很轻松地把这事给解决了。

第六天,老婆忽然说要从陈实在的手机上找一号码,陈实在说,我报给你吧。老婆说,有不可告人的事?陈实在只好把手机递给了老婆。

后来，就出事了。

短信又来了，你想我吗？

老婆的面色突然就很难看，狠狠地瞪着陈实在，说，说说吧？

陈实在苦笑，说，真没有。

老婆刚要再说什么。

老婆的手机短信也响了，陈实在凑上去看，也是四个字，你想我吗？

然后，老婆的神情顿时就缓和了下来，说，咱俩扯平了。老婆扭了扭屁股，就走了。

扯平了？陈实在想着老婆说的话，再想想最近老婆老是早出晚归的异常行为，心头，莫名地就恼怒了起来。

情人节快乐

刘蒙读着大二。

上午，刘蒙和父亲说，2月14日，他请几个同学吃饭，想要500块钱。父亲根本不懂情人节。父亲哦了一声，说，行啊，就今晚吗？刘蒙说，是。

父亲就进屋拿钱了，刘蒙看着父亲的背影发着呆。说实话，向父亲要钱，刘蒙也有些不忍。早在刘蒙读小学的时候，母亲就走了，这些年，是父亲既当爹又当妈的把他拉扯大的。父亲是个普通的工人，收入不高，据说也就三千块钱，要负担自己的学费生活费,还有其他杂七杂八的费用……

刘蒙叹气的时候,父亲已经走出来了,手里拿着个信封。父亲把信封拍在刘蒙手上,说,蒙蒙,500块钱,你可省着点花啊,不过,也不要太过节省,别让你的同学笑话了。刘蒙点点头,说,爸,我知道了。

下午三点多,刘蒙揣着那个信封就出了门。

刘蒙先给女朋友王艳打了电话,说,艳,我出来了,一会咱在哪里见面呢？王艳说,就那个太平洋百货楼下吧。刘蒙说,行,那一会见吧。

刘蒙在那等了一会,王艳就花枝招展地跑来了。王艳柔柔地一笑,说,你今天有钱了？刘蒙一拍信封,说,有了。刘蒙牵过王艳的手,两个人并排走着。虽说是个大日子,虽说也有几百块钱了,但那些大商场大物件是不能买的,这点钱哪够花啊。

在一个路边的咖啡吧,刘蒙给王艳买了杯暖融融的咖啡,一杯咖啡45块,真吓了刘蒙一跳。怎么会有这么贵的咖啡啊,刘蒙的话到了喉咙口,还是生生地给咽了下去。刘蒙从信封里抽出了一张百元大钞,递过去,找出来一张皱巴巴的五十,一张五块。王艳接过咖啡,用吸管用力吸了一口,说,好喝。王艳把咖啡给刘蒙喝,刘蒙舔了舔舌头,说,我不习惯喝这个,还是你喝吧。

按照今天的约定,一会就是买鲜花了。刘蒙牵着王艳细滑的小手到了一家鲜花店门口,对着一捧竞相开放的玫瑰花问,老板,这花多少钱？老板喜笑颜开地说,888块。刘蒙的眉头微微一皱,想,怎么这么贵？刘蒙看王艳,她的脸上似乎也写着吃惊。刘蒙又问老板另一捧花,这个多少钱？老板说,588块。刘蒙又是一惊,连着又问了几捧花,就算最便宜的,都要288块。即便是买了最便宜的,一会儿吃晚饭,估计也不够了。王艳倒显得很能理解,拉了拉刘蒙的手,说,要不我们再看看吧。刘蒙的心情稍许有些轻松,说,好吧。

到了天黑,就是今天的重头戏,共进晚餐了。虽然没买成花,刘蒙的心头有些沮丧,但这似乎并没影响到王艳的心情。王艳就是那么善解人意、体贴入微的女孩,这也是刘蒙喜欢她的最大原因。

餐馆的价格是早就打听好的,两个人一前一后地进了饭店。刘蒙先坐下,拿过菜单递给王艳,说,今晚你是我的女主角,由你来点。王艳点着头,微微一笑。在王艳点菜的时候,刘蒙就打开信封,他想把钱都拿出来,一会,这些钱就都归饭店了。一张,两张,三张,钱一张一张地抽出,同时被抽出来的,还有一张小纸条:刘万福,1月薪金合计1514.75元。

摸着这张纸条,刘蒙的手忽然有些发抖,刘万福正是父亲的名字,怎么只有这么一点钱呢? 不是说有3000块吗? 那父亲给自己的学费生活费,差不多就是一大半的钱了,那他花什么呢?

还有,自己竟然还学别人,向父亲要钱过什么情人节。刘蒙的心头,莫名地懊恼起来。王艳也看到了刘蒙手上的小纸条,摸着菜单的手,突然就松了下来。有服务生走过来,问,要点单吗? 王艳摇摇头,刘蒙也摇摇头。

刘蒙到家时,刚过7点。父亲坐在沙发前,正看着电视。刘蒙说,爸,晚饭还有吗? 父亲说,怎么了? 你没吃饱吗? 父亲站起身,给他盛好了饭,又端出了菜。刘蒙刚吃了两口,就从口袋里掏出那个信封。刘蒙说,爸,就来了一个同学,我俩随便吃了点,花掉了45块,其他的钱,还给你。父亲边接过信封,边说,那你不买点其他吃的啊? 父亲的话淹没在刘蒙吭哧吭哧吃饭的声音中。

在后来的很长一段时间,刘蒙都没问父亲要什么生活费。父亲问时,刘蒙总说,爸,我还有钱,你上次给我的钱还没花完呢。这很让父亲有些纳闷。

外 孙 儿 子

　　女儿生了个外孙。老李高兴,老伴也高兴。高兴完了,事儿也来了。女婿是外地人,家不在上海,父母年老,身体也不是太好,不可能过来。女儿女婿是住另一个地方的。女儿休完产假,要回单位上班了,照顾外孙的重任,就顺理成章地落在了老李老两口身上。

　　外孙小,还在吃奶的阶段,女儿不在身边,就只有给他喝奶粉。晚上,外孙和老两口一起睡,老李睡一边,老伴睡另一边,外孙睡他们俩中间。深更半夜,孩子的一声啼哭,老李睡眼惺忪地就从床上爬起,摸着黑去开灯,抖抖擞擞地去冲奶粉。奶粉喝完,孩子睡着了。老李迷迷糊糊的,睡不着了。好不容易老李快要进入梦乡了,又是孩子的一声啼哭。这次是老伴爬了起来,折腾了几下,说,尿布湿了。老李被吵醒后,就再也睡不着了。

　　白天时,家里也忙。老伴要洗衣服,要上菜市场,要整理房间,要打扫卫生。老李就伺候外孙,逗外孙玩,逗外孙笑,带外孙出去晒太阳。在小区里抱着外孙到处走的老李,碰到了一同退休的老王。老王手里拎着一个鸟笼,吹着口哨,边走着路,边逗着笼子里的鸟儿玩,一副怡然自得的表情。看到了老李和他怀里的小外孙,老王开着玩笑,说,老李,是儿子还是外孙啊?老李也乐了,说,也不知道是儿子还是外孙了,反正我这回啊,是又当了一回爹。老王摇着头晃着脑,很潇洒地离去。老李可没那么安稳,外孙又不知道是哪里不舒服,嘴一撇,又哭了。

看着别的老头老太退休后的颐养天年,说老李和老伴心头没一点怨言是不可能的。老李爱下棋,以前在单位就是有名的棋迷,在棋盘前能坐一天不挪窝。但那个时候,要上班,要养家,哪有那么多时间让你去耍棋啊。老婆爱跳舞,在厂里也是出了名的,只要是有跳舞活动,老婆一准会去参加。原本早就说好了,一退休,老婆就加入小区的老年舞蹈队。现在不成了,老婆只有眼巴巴地看着别人在跳。一想到这,老李叹气,老婆也叹气。

女儿女婿工作忙,很少来看外孙。最多就是每周放假,来看一次。有时轮到加班,干脆就不来了。小外孙,像是全托给了老李老两口。老李有时忍不住,就嘀咕着给女儿打电话,说,你不回来看看你儿子啊?女儿说,爸,您知道,我太忙了,我,我实在脱不开身啊。实在生气时,老李会说,那你是不是就不要儿子了啊?不过,老李说这些气话的时候,老婆一般都在旁边,然后抢过话筒,说,没事,没事,你爸犯浑呢,别理他!

外孙上托儿所了,上的还是老李家附近的学校。每天早晚,或是老李,或是老婆,负责外孙的接送。女儿女婿还是忙,忙,忙!女儿跑过来,说,爸,你就帮我照顾下吧。老李说,那要照顾到什么时候是个头呢?女儿就不说话了。女儿也是一脸的无奈,老李的心一软,说,好吧,要不我们先帮你照看着吧。

这一上,就上到了幼儿园结束。那几年,老李和老伴真的像是又养了个儿子,一把尿一把屎地把外孙给拉扯着。眼瞅着快要上一年级了,女儿来了,女婿也来了。瞅瞅老李,又瞅瞅老李老伴。女儿叫了声爸,又叫了声妈,说,我想把女儿给接我们那上小学,小学很关键……老李和老伴点点头,有些如释重负。这几年,老李明显是觉得气力不够用了,真的是老了吧。老李还想着,趁着手脚还能动弹,正好可以下几盘棋。老李说,这样好……老李还没说下去呢,就看到女儿似还有些欲言又止。老李说,还有什么问题吗?女儿说,爸,妈,我想请你俩跟我们一起住,我想好了,把你们这的房卖掉,把我们住的房卖掉,钱凑起来换一套大的,你们也好给我们烧烧饭,照顾下孩子……我,老李脑子里嗡了一下,这回,他真的是不知道该说什么了。

外孙是由老伴抱出来的,老两口把孩子宠得很,七八岁的孩子,还整天缠着要抱。外孙看见女儿女婿,似是在看陌生人,竟是一脸惊慌的表情。老李上前,指着女儿女婿教外孙念,爸爸,妈妈。女儿张开了手,想要去抱外孙。谁料,外孙竟拼命地躲,最后竟躲进老李的怀里哇哇大哭起来。外孙的哭声,也催出了老李和老伴满脸的泪。

天上的星星会说话

从小,李星儿就没见过妈妈。李星儿上小学,放学回家,问李想,爸爸,我妈妈呢?李想原本平静的脸一下变得黯然,说,哦,你妈妈啊,她去了一个很遥远的地方。李星儿说,那妈妈什么时候回来呢?李想摇摇头,说,不知道。李星儿又说,爸爸,那我们找个时候去看妈妈吧?李想燃了支烟,狠劲地吸了一口,然后就重重地咳嗽了好几声,咳得脸都红了。李想是不抽烟的,只有在心情不好的时候才会抽上几口。

没事的时候,李星儿会偷偷跑进李想的房间,看雪白的墙上高高挂着的婚纱照,是爸爸妈妈的婚纱照。这一看,总是老半天,李星儿的脸上,总是不由自主地浮现喜悦的表情。

晚上,李星儿照例是一个人,睡在他那个小房间。李想会在等他睡熟之后,去看他被子是不是蹬掉了,睡得是不是好。有过好几次,李星儿的小嘴巴都在嘟囔着,似乎是在轻声说着什么话,李想用耳朵靠近了去听,就听见一个声音,妈妈,我要妈妈……李想站起身时,眼前已是一阵模糊。

掩上门,李想一个人呆呆地坐在黑暗里,一坐就是半天。一想到李星儿那一脸渴求的神情,李想的心头就总不是滋味。

那一天,李想下班回家时,身边就多了一个女人。女人一进来,就坐到了客厅里的沙发上,摁开了电视,然后一个一个台地换着看。李想呢,把手上的菜拎进厨房,然后是挑菜拣菜。一会儿,就有饭香菜香从厨房里飘出来。期间,女人喊过一声,要帮忙吗?李想说,不用,不用。女人站起的身,又坐了下去,再没挪起来过。一起吃晚饭时,女人看着李星儿,很殷勤的表情,说,你叫李星儿?李星儿点点头,说,是。然后女人说了好多讨好的话,李星儿听了一会儿,就不听了。站起身,李星儿就进了小房间,然后把门重重地给关上了。

又一天,李想下班回家,身边又多了一个女人。女人一进来,就接过李想手里的菜,问,厨房在哪里?李想说,我来吧。女人摇摇头,说,没事,我习惯了。女人进了厨房,一番挑挑拣拣。然后,厨房里就飞出了饭香菜香。其间,李想想进去帮忙,都被女人给推了出来,说,没事没事,我一个人能搞定的。一起吃晚饭时,女人很认真地看着李星儿,说,你叫李星儿?李星儿点点头,说,是。

然后女人说了许多关心的话。李星儿听了一会，一脸迷茫。李星儿又站起身，进了小房间，然后把门重重地给关上了。

再一天，李想下班回家时，身边还多了一个女人。女人一进来，也接过李想手里的菜，说，我先去厨房拣菜，你一会过来。女人拣好菜后，就喊了李想进去烧菜。李想烧着菜，女人也不离开，在一旁打着下手。李想烧完一个菜，女人就接过，热气腾腾地端上了桌子。在李想烧菜的间隙，女人找出了一个拖把，浸上水又拧干了，然后在地板上前后左右地拖起来。原本有些脏的地板，瞬间就干净许多。女人很认真地拖了三遍，额头上已微微渗出了汗，地板干净得都能照出人影了。

吃晚饭时，女人很温和地看着李星儿，说，你是星儿吧？李星儿说，是。女人又问了李星儿有什么爱好，在学校里有哪几个好朋友，平常喜欢打什么游戏。女人问的，都是李星儿喜欢的。而且，自始至终，女人都是很温柔的口吻，不急不缓，娓娓道来。

晚上，李想要送女人走，女人正陪着李星儿玩游戏，两个人正玩得兴头上。李星儿嘟囔着嘴，说，不能走，今晚就睡这儿了。女人笑了，开玩笑地说，星儿，你不让我走，那我睡哪啊。李星儿点点头，说，我知道。李星儿拉着女人的手，就进了李想的房间，看着那张大床，说，妈妈，你今晚就睡这床。李星儿还指着墙上那张婚纱照，说，妈妈，你看，你和爸爸的照片，都在上面呢。

一旁正站着李想。然后，就看到女人和李想的脸，都有些红了。

那年夏天，没有风

孩子是在老家上的小学。是一个夏天，孩子说，想去看看在上海打工的爸爸，顺便，也看看上海。孩子的爸爸，在一个建筑工地上班。孩子期末考的成绩，确实也是不错的。

孩子在给远方的爸爸打电话汇报成绩时，再次说了这事。爸爸很高兴，说，行啊，我看看吧。可这工地真的是太忙了，这一看，又一看的。眼瞅着孩子的暑假，还有一个星期就要结束了。爸爸咬咬牙，去给工头请了个假。然后，给孩子拨了个电话，儿子，你来吧！

孩子是在一天早上到的，妈妈也陪同着一起过来。虽然在火车上待了一天一夜，但孩子的脸上，看不到一点的疲惫。在出站口，孩子远远地看到了爸爸，冲过拥挤的人群，孩子快速地扑到了爸爸的怀里。

原本是打算休息一天再去玩的。孩子说，爸，妈，我们现在就去吧。爸爸看了孩子一眼，又看了妈妈一眼。爸爸也看出了孩子眼中的难耐，点着头说，好吧。放下行李，来不及打理，爸爸带着妈妈，还有孩子，就一起走上了街。

他们去的第一站，是东方明珠电视塔。孩子很早就想去看了，连倒了两辆车，他们一起来到了塔下。看着高耸入云的塔儿，孩子的心头，像是乐开了花儿。

接下去，又是去了南京路步行街……

到了第三个地方,就是有名的外滩的。去的时候,天已经微微有些黑了,无数的灯光都已亮起。夜色中的外滩,长长的一条江边走廊,更有其一番别样的魅力。

一开始,孩子都跟在爸妈的身边,不时地,孩子还会喊一声,爸,你看这个。又或是,妈,你看那个。孩子的口吻中,难掩其对这一切的新奇,以及羡慕。毕竟,在他们的乡下农村,完全是看不到这一切的。

也许是夜晚观景的游客越来越多了吧。也不知是什么时候,孩子遥望着江边,看了一小会儿,回过头时,居然已经看不到爸妈了。以为是被那些游客挡住了,孩子忙不迭地喊了一声,爸,妈。没有回音。孩子又喊了几声,还是没有回音。孩子真的是有些急了,眼眶里甚至都急出了眼泪。十来岁的孩子,说大不大,说小也不小。但毕竟是在这么一个完全陌生的地方,能不急吗?

喊了一会,孩子似乎是感觉无望了,蹲在一边,忍不住就呜呜呜地哭了起来。

是一个老人的声音,孩子,你怎么了?

老人喊了第三声时,孩子才探起头来。孩子很有些警觉地看了老人一眼,早在以前,爸妈就关照过孩子。出门时,千万要小心,外面的坏人很多。

老人看到孩子有了反应,微微一笑,说,孩子,你是不是和爸爸妈妈走失了?孩子想了想,半天,才点了点头。老人问,孩子,你有爸妈的电话吗?我帮你打个电话给他们吧。孩子摇摇头,他确实没有爸爸的电话。老人又问,那你还记得上海这里的住址吗?孩子还是摇头。老人苦笑,说,这我也没办法了。

一个年轻女人,走过时听到了老人和孩子的对话。女人就停住了脚步,也站在了那里。看着已经束手无策的老人,还有一脸绝望表情的孩子。女人说，我有办法，报110。老人眼前一亮，笑了，说，我怎么没想到呢，赶紧打电话！

打完电话，老人说，他们10分钟内一定赶到！

然后，老人和年轻女人，似乎是很有默契一般，停在了那里，劝慰着孩子，在这里等一会，就一会，警察叔叔就会过来，然后，带你去找爸妈！

一个走过的中年男人，给孩子递上了一瓶水，很亲切地说，孩子，渴了吗？喝点水吧……

一个和孩子差不多岁数的小女孩，松开了随行的母亲的手，从口袋里拿出刚买的心爱的蛋挞，说，小哥哥，你饿了吧……

几乎是在前后脚的时间，两个警察，还有孩子的爸妈，都找了过来。孩子的妈妈紧紧地抱住孩子，不愿松开。孩子的爸爸，再三感谢着那些好心的人……

在孩子的脑海里，永远都会记得，那年夏天上海的外滩，天色有点黑，但没有风。这可比任何的一次旅行，都难忘多了。

孩子的天空

儿子小伟上的是小学。小伟放学回家，美霞在看他时，忽然就看到了左脸处，不经意地有一条红红的划痕。不是很明显，但还是能看得到。

美霞不觉就有些心疼起来，问小伟，乖儿子，还疼吗？小伟摇摇头，说，不疼。美霞又问，这是怎么弄到的？小伟想了想，说，是小光给我刮的。小伟还说,当时老师让我们排队,我都排好了,小光硬是要挤进来,我就推开他,然后他就抓了我。美霞的心头一阵愤慨,一晚上都没睡着,想,这可不行,今天是一条划痕,明天就不知道怎么样了,不行不行,咱儿子不能被别人欺负……

第二天一早,美霞气呼呼地去了学校。到了老师的办公室,就看到班主任严老师,正和一个女人在说着什么,应该也是学生的家长。一开始,美霞只是在听着,等她们的话讲完。听着听着,美霞就觉得不对了,那个女人在和严老师说的,竟是他们家小伟,说小伟抓伤了小光,说你们学校是怎么搞了,这还管不管了,还说这也太缺少教养了吧。美霞就重重地咳嗽了一声,对着那女人说,你说谁呢?你说谁呢!女人回过头,很愕然的表情。美霞冷冷一笑,说,分明是你们小光抓伤了我们小伟,倒还真会恶人先告状啊!女人明白过来了,毫不示弱地说,你还有理了啊!美霞和女人一招呼,严老师就把小伟和小光给叫了过来,一一看过,孩子脸上被抓的划痕。美霞这才看到,小光脸上也有一条长长的划痕,估计是小伟给抓的。严老师见此,谁对谁错,也不好说什么了。严老师苦笑着劝两位家长,是我们老师的失职,对不起。

当晚回了家,美霞问了小伟,小伟似乎已把这事给忘了。美霞问了三遍,小伟才想起来,说,哦,小光脸上的划痕,就是我抓的啊,他抓了我我也抓了他。小伟以为美霞会批评他几句,美霞却笑眯眯地说,儿子,你做得对。美霞还在想,这事不能就这么算了,起码让小光说声对不起。

第三天,美霞又去了老师的办公室。美霞刚和严老师聊了没几句,小光的母亲居然也来了。两个人再次争执了起来。美霞说,是你们家小光不对,要对我们小伟道歉。那女人说,凭啥说是你们小伟对了,应该是你们小伟道歉才是。严老师看了看表,说,两位家长,不好意思,我要去上课了,要不改天再说,好吗?那事,还是没争下来。

美霞是个不到目的不罢休的人,想来想去,这事必须得有一个圆满的结果。几天后,美霞又去了学校。

很巧合的是,刚到办公室门口,美霞看到严老师,似乎正为小光的母亲解释。严老师说,小孩子嘛,没什么大不了的,多大点的事啊?女人说,不行不行,什么叫多大点事儿,现在小的时候不控制不教育好,那以后真碰到大的事还了得。严老师说,不会那么严重的。女人说,怎么不会了……美霞听不下去了,又走了上去,说,对,这事儿你们小光必须向我们小伟道歉,不然下次说不定怎么着了!那个女人皱着眉,说,我看你是搞乱了吧,什么事儿都不能颠倒了来说吧!严老师见她们两个又争上了,一脸的苦笑。

办公室的窗外,正是操场,在火红的塑胶跑道上,小伟跑着跑着脚下一滑,突然就摔倒在地。旁边的小伟看到了,赶紧跑过去扶起了他。然后,小伟拉着小光的手,两个孩子做着骑马的游戏高兴地骑来骑去。依稀,还能听到小伟稚嫩的喊声,驾!驾!还有小光也是一脸灿烂的笑。两个孩子的脸庞上,哪还有几天前的划痕了,早已是消失不见。

美霞和那个女人面面相觑,已经停止了争吵。

我 要 读 书

　　早晨5点，天还是漆黑一片时，招弟就起了床，先洗衣服，水有点凉。招弟放入水中的手，放了进去，又缩了回来。她咬咬牙，又放了进去。洗完衣服，就是煮饭了，还炒了两盘菜。看看时间，差不多都过七点了，就去喊爷爷奶奶起来，又喊弟弟小龙起床。

　　招弟9岁了，该是上学的岁数了。但招弟上不了学，她要留下来照顾弟弟小龙，还有年迈的爷爷奶奶。

　　爸妈不在家，都在千里之外的繁华都市打工，一年难得回来一次。甚至，一年就不回来了。回来要花钱，赚钱不容易。而且，逢年过节人又多票也不好买，平时又舍不得停下来，停掉的可都是钱啊。

　　爸妈说，招弟，等弟弟上了学，你再上学吧，爷爷奶奶年纪也大了，照顾不了你弟弟。

　　招弟很懂事地点头，说，爸妈，我知道。

　　弟弟小龙，6岁了。从小龙3岁的时候，爸妈就离开了家。那时6岁的招弟，就开始学着开始照顾弟弟了。譬如洗衣服，一开始招弟的小手，怎么也拧不干衣服上的水，甚至有些衣服，沾满了水就显得有些沉重，怎么拿也拿不起来。招弟的一张小脸就涨到通红，用全身的力气去把衣服拿起来。还有煮饭、烧菜。煮饭还好，只要把米洗掏好，倒进锅里放进水即可。唯一麻烦的是，烧饭的灶台有点高了，必须搬一张小凳子。招弟小心翼翼地站在凳子上,两只小手用力把米倒进锅,然后再合上。再是洗菜、烧菜,是最难的。油炸开的时候,招弟躲闪不及,小手就被烫出许多小红泡泡,有盈盈的泪珠在眼中打着转。招弟咬咬牙,狠狠地擦拭了一把,脸上带着无比的倔强与坚强。

村里有好几个与招弟一样年纪的小伙伴,有男孩,也有女孩。他们每天早上,都会蹦蹦跳跳,精神饱满地跑着去上学。回来时,脸上也总是带着笑容。他们看招弟空闲时,会和她聊一些学校里的新鲜事儿,还有每天学到的什么事儿。有一个叫大刚的小朋友,还和招弟很认真地说,我将来要做工程师,去大城市,造大桥,飞机……招弟听得很新奇,她不知道什么是工程师,大城市她知道,爸妈就在那里,她知道,城市一定很大,不然爸爸妈妈怎么就回不来呢。还有大桥,她没见过,村里的独木桥,她经常走,有一次,走得不稳她还差点掉进了河里。飞机,她不知道,什么是飞机呢……

还好,这几年,算是撑过来了。

过完年,弟弟小虎7岁了。爸爸妈妈也从千里之外的城市赶了回来。7岁的小虎要上小学一年级了。招弟10岁了,也上一年级。想着伙伴们说的,学校里发生的那些新鲜事儿,对于学校,招弟心头充满了无比的期待。

这一年的夏天,天气很热。整天坐在家里期盼着9月快点到来的招弟,猛地听到门外奶奶的摔倒声。村里的叔伯们,帮着把奶奶一起送到了医院。脑瘫!奶奶生活突然就不能自理了。爷爷蹒跚着去医院看望奶奶的脚步,让人辛酸。

爸爸妈妈赶了回来,又赶了回去,拉着招弟的手,说,招弟,你再晚一年上学吧,爷爷身体不好,奶奶需要人照顾。招弟想说,不行。但嘴动了动,头猛地就点了点。

9 月。看着弟弟小虎高高兴兴地上了学。招弟的心头猛地有点酸涩感。还好妈妈说过,就一年,熬过这一年,她就回来帮忙照顾奶奶了。

真的是无比漫长的一年啊。

眼瞅着又一个夏天到了。妈妈也打来电话,说要回来了。招弟 11 岁了。11 岁上一年级,别人会不会笑自己呢。

夏天到来的时候,妈妈果然回来了,爸爸也回来了,是送妈妈的。妈妈是挺着个大肚子回来的,走起路来一摇一晃的。爸爸待了三天就走了。临走时,爸爸拉着招弟的手,说,招弟啊,你暂时别去上学了,留下来,帮着妈妈一起照顾肚子里的弟弟或者妹妹,好吗?爸爸没说招弟要照顾到什么时候,也没说招弟什么时候可以去上学。

这次,招弟没说话,也没点头,眼睛中微微有泪花在闪动。

不　舍

父亲说,儿子,你要好好的。

父亲还说,咱俩一起努力。

从小,我就是和父亲一起相依为命长大的。看到别的孩子能和爸爸妈妈手牵着手,快乐地一起走路。我就问父亲,爸爸,我妈妈呢?父亲告诉我,你妈妈去了一个很遥远很遥远的地方。我说,那妈妈会回来吗?父亲想了想,说,会的。

在我读幼儿园的时候,班里的一个小朋友,竟然取笑我,说我

全民微阅读系列

是个没妈的孩子。我回到家,说给了父亲听。父亲是个很温和的人,从我记事起就没看见他和人吵过架。但在第二天,父亲送我去幼儿园时,在门口他就问老师,昨天是哪个小朋友说我儿子没妈的?老师就很惊疑,劝着父亲,说,那是孩子们的玩笑话,您可别当真啊。父亲却不管不顾地冲进了我们教室,拉着我的手,满是愤愤的神情对着全班的孩子,说,以后谁再说我儿子没妈,我就揍他(她)!父亲那一刻凶狠的神情,吓哭了班里的好几个同学。我看见取笑我的那个小朋友躲在角落里瑟瑟发抖。从此以后,我看到那个小朋友看我的眼神中都带着敬畏。

我以为母亲回来时,我的生活会变得幸福美满起来。

那一年,我已是上了小学五年级。下午,我背着书包放学回家时,巷子口停了一辆黑漆漆的车,车里坐着一个戴着黑墨镜的男人,狠狠地在瞅着我,着实吓了我一大跳。我战战兢兢地跑回家,客厅的沙发上,正坐着一男一女。父亲似乎有些拘谨地站着,和他们说着话。看见了我,父亲说,儿子,快,这是你妈妈,快叫妈妈啊!我转过头,看那个女人,是一个打扮得极其妖艳的女人,正和旁边那个肥头大耳的男人亲密地坐在一起。女人看见了我,显得很高兴的样子,说,儿子,我是你妈妈,我就是你妈妈啊。我摇摇头,然后转过了身。我印象中的妈妈不是那样的,这个女人,她怎么可能是我妈妈呢,爸爸一定是骗了我。我说,爸爸,我累了。不等父亲说什么,我就进了里屋,并且关上了门。坐在屋子里,我听到父亲和他们讲话的声音,似乎是说到了我小时候的可爱、调皮,还有其他的什么。断断续续的,我也没怎么听清。

几天后,我放学回家,在巷子口又看到了那辆黑漆漆的车,还有车里那个讨厌的戴黑墨镜的男人。我怕再见到那个女人,忽然有些不想回家了,我想到了伙伴大勇,我何不去大勇家玩一会呢。

我在大勇家玩到了天黑,才又蹦蹦跳跳地跑回家。那辆黑漆漆的车,还停在那里。我在门口犹豫了一下,还是硬着头皮回了家。门虚掩着,我刚想走进去,就听见父亲的声音,说,当初是你不告而别离开了我们,现在你又怎么可以把儿子带回去呢……接着是一个女人的声音,说,你说你能给儿子什么?你就希望他和你一样堕落下去吗……我推门进去时,看到了父亲红红的眼圈。我狠狠地瞪了那个女人一眼,然后我抱了父亲,我说,爸,我不离开你,绝不!父亲抱住我,紧紧地。当我们松开时,那个女人已经离开了。

过了一段日子,我在回家的巷子口,又看到了那辆黑漆漆的车。车子旁,站着那个女人,似乎是在等我。看见我,女人说,儿子,跟我走吧。我瞪了她一眼,不理她。趁她不注意,我扭身就跑了过去,到了家门口,我却推不开门,门紧锁着。女人就站在我身后,说,你爸不要你了,他已经走了。我摇头,我不信,这一定是骗我的,这是个坏女人。女人给了我一封信,正是父亲的笔迹。在信中,父亲说,他给予不了我什么,让我跟着妈妈,她能给我好的环境接受好的教育,能让我更有前途。

摸着信,我任眼泪肆意地滑落。我能想象到父亲写这信时的不舍。然后,我转身,撒开腿狂奔,我要找到父亲,我一定要找到父亲。

四周已是寂静一片,我站在黑暗中,喊着,爸爸,爸爸,你在哪里?你为什么不要我了?我喊得嗓子哑了,最后号啕大哭。

儿 子 请 客

读初中的儿子气喘吁吁地跑回家，说，爸，我要请同学吃饭。张远有些哭笑不得，说，你小孩子家的，还请同学吃饭？等你长大后吧。儿子嘟囔着嘴说不。张远不理他，自顾自地要去忙别的事儿。儿子拉着张远的衣角，不放他走。张远就有些恼了，说，你放不放开。儿子摇头，说，除非你答应我。张远就用力将儿子的手扳开，然后头也不回地就进了房间。

本来儿子要请客，也不算是什么事儿。如果是张远心情好，也就答应了。可这几天，张远烦着呢。单位里要空出一个科长的名额，张远这次的希望依然很渺茫；老婆公司要裁员，老婆十有八九会出现在这个名单上；母亲要开刀动手术，可医院床位紧张，等了半个月都没一点消息。烦啊，愁啊。张远叹了口气，站在阳台前，遥望着窗外的风景。

老婆是一小时后下班的。好像是儿子和老婆说了什么，老婆就进了房间。老婆说，孩子也就这么点要求，你就答应他吧。张远看了老婆一眼，想了想，就点了点头。

周六中午，儿子请的三个同学果然来了。张远开的门，儿子跷起二郎腿，在沙发前看着电视。儿子见他们来了，忙让张远倒水倒茶。张远瞪了儿子一眼，又见儿子苦巴巴的样子，心一软，只好就去了。

老婆准备好了一桌子的菜，都热气腾腾地端了上来。儿子和三个同学各坐一面,张远坐在一边沙发上看着他们。看菜上得差不多了,儿子就喊张远,说,爸,上酒吧。张远愣了愣。儿子朝张远一努嘴,说,爸,你忘了,昨天你买的,放在橱柜下面的。张远跑进厨房,打开橱柜一看,果然多了几瓶葡萄酒。张远也没多想,就拿了过去。

酒过半晌,儿子的脸红红的,喊着,爸,你还没来敬酒呢!敬酒?要在以往,张远早揍儿子一顿了,太没大没小了。但儿子的三个同学都看着自己,又看到儿子难得这么高兴。张远一咬牙,就走了上去。儿子见张远过来,就给他一一介绍,说,这是二班的班长,这是三班的班长,这是四班的班长。张远一听,差点乐了,搞了半天,是班长聚会啊。儿子不就是一班班长嘛。一二三四班,涵盖了儿子学校一个年级的所有班级了。

张远正想着,儿子边和几个同学碰着杯,边说了张远最近犯愁的三个事儿。那几个同学一听,居然连连点头,说,没事,我们一定尽力。张远一听,这真有门,看来这儿子真没白养。接下去,张远又傻眼了。一问,那三个同学的爸妈都是和张远夫妻差不多,在单位谋个差,没什么权力管个温饱的平凡人。张远原本满怀希望的心,顿时又凉了。

可接下来的事儿,又让张远意外了。

明明希望不大的科长之位,居然就定了张远;原本已经被决定下岗的老婆,名单上却没了名字;还有就是张远莫名地接到了一个自称医院领导的电话,说,明天,你就可以把病人带来住院了。

这真的是太神奇了,完全是巧合吗?

儿子跑回家时,张远拉住他,说了自己的疑问。儿子得意地笑了,说,爸,就是那三个同学帮的忙。张远说,怎么可能?他们的爸妈不是……儿子像是看穿了张远想的，说，爸，但你别忘了，他们是班长，他们下面还有三个班的同学呢。你要去想，那些同学，他们的爸妈，也可以帮你这个忙的。张远越听越迷糊了。儿子又神秘地朝张远一眨眼，说，爸，县官不如现管，懂吗？其实他们也不亏。之前，我也帮过他们好多忙呢。

　　张远有些懂了，又有些不懂，他们可还是孩子啊。想着，脑子里突然就一阵空白。

城市里的树

　　小学三年级那年，我搬了新家。我们来到了城市，城市与我们乡下完全不同，乡下有无数的树木、花朵，还有麦子，稻子。来到了陌生的这里，我忽然就感到了一种孤单，还有无所适从。

　　一个休息天，我做完作业，百无聊赖地在马路上走。然后我就发现了一棵参天大树，站在树下往上看，能看到密密麻麻的枝丫，笼罩在我的眼前。树离我的新家不是很远，走个十几分钟就到了。我很好奇地看着这棵树，想象着它到底是长了多少年，又到底是有多高。

　　在那里，我看到了许多其他的孩子，差不多是和我一般大的年纪，一个个地争先恐后往这树上爬，边爬边在相互打闹。我看到有一个孩子爬到了很高很高的位置，这很了不起。在乡下时，我也爬过树，但我没有爬得这么高。因为有一次，我爬得很高时，被父亲发现了，那真是好一顿的打啊，火辣辣地让我足足疼了一星期。

有一个男孩子看见了我，问我叫什么，我说我叫张非。男孩子说，他叫刘睿。男孩子还把其他几个伙伴介绍给了我。刘睿说，以前好像没见过你啊？我说，是的，我是新搬来的。刘睿又说，你会爬树吗？我说，会，以前我也爬过。刘睿说，那我们比赛吧，看谁能爬到最高。尽管有些胆怯，我还是爬了。爬得不高，刚过两个树杈的位置，我就停了下来，不敢再往上爬了。

以后的每个休息天，我们都不约而同地来到那棵大树下。大树下还有一大片的草坪，爬累的时候，我们就会下来坐一会儿。开始几次，我都爬得不高，一是怕挨打，二也是真怕，怕爬太高，我再望树下，会不由自主地犯晕。而刘睿的胆子很大，好多次都是一马当先，第一个上树，爬得也是最快，滋溜溜地像个灵巧的猴子一般往上爬。而我们只能跟在后面，紧随着往上爬。

树的最高的位置，刘睿还是没爬到。要爬上去，需匍匐地爬过一段光溜溜树干，这个难度是相当大的。刘睿试了几次，都没成功。其他人也都试过，也是不敢，毕竟太高了，而且，也需要持续性的体力。刘睿很认真地说，谁能爬到最高位置，我们就拜他做老大，可好？我们都说好，但还是没人能爬上。

爬树的好处，是让我在城市里找到了这么一块可供玩耍的地方，还有一个，就是让我结识了那个几个朋友，好朋友。

那个上午，真的如同是噩梦一般。

我们几个人还在树下的草坪上坐着玩耍的时候，突然像是地震一样，整个大地莫名地有些抖动了起来。然后，我们看到了一辆巨大的吊机，正轰隆轰隆地朝我们这边驶来。随着吊机一起走来的，还有一群戴着安全帽身穿工作服的男人。

一个像是领头的男人喊了一声，几个小孩，赶紧走开！

刘睿的胆子还挺大,说,你们要干吗?

男人说,我们要砍树,你们快走吧,别妨碍我们干活。

我们一愣,说,砍树?这树这么好,怎么可以砍呢,我们不走!

男人冷笑着,看我们一动未动,就想指挥几个工人把我们带走。几乎是不约而同的,我们几个伙伴猛地就爬上了树,刘睿还是在前面,我紧随在后,我们一个一个奋力地往上爬。

男人显然是被我们的行为吃了一惊,忙喊身边的工人,赶紧把他们拽下来。几个工人应声上了树,把爬在后面的几个伙伴给拉了下去。

只剩下刘睿和我还在往上爬了。

那几个工人似乎也挺能爬的,眼瞅着我们已到了树的第二高的位置,还是不保险。刘睿咬着牙想往最高处爬,没爬上。不知是从哪来的勇气,我说,我试试吧。也不等刘睿回答,我就上了树干,眼睛不由自主地看到了树下,有些犯晕。我摇摇头,让自己不看下面,用劲全力地往上爬。终于,我成功了,我虚脱样站在了树的最高位置。我看到刘睿被工人带了下去,几个工人试着想再往上,但没成功。我像个骄傲的将军站在那里,得意地看着他们。

最终,他们还是用吊车,把一个工人吊了上来,然后把我给带了下去。我满心的沮丧,我愤愤地想,为什么树就不能长得更高一些呢。

刘睿他们向我竖起了大拇指,这是尊我为老大的手势。但我的心头并不高兴,反而是愈加地变得沉重。

再一次去时,那里已经被厚厚的围墙给圈起来了,站在围墙外,我能听到里面一阵一阵机器的轰鸣声,不断敲击着我的心田。

没有了大树,我再没见到刘睿他们。无聊时,我总是站在新家封闭的阳台前,一栋栋高耸入云的高楼早就阻隔了向外眺望的

视线,我看着,想着自由自在的乡下,心头又开始不自觉地孤单
起来。

一个巴掌拍不响

过完一个并不算漫长的暑假,我就上初二了。

新学期刚开始,我就听说了,我们班的班主任是刚从学校毕
业的一位女老师,姓徐。我很纳闷,这样的一个年轻女老师,能管
住我们这群捣蛋的学生吗?

要知道,我们班是有名的调皮捣蛋班,甚至有几个捣蛋鬼,在
全校都是出了名的。

我一直以为,那位年轻的徐老师,该长得是虎背熊腰一般吧,
或者说虎背熊腰谈不上,至少也该有个柏油桶一样的腰,熊掌样
的大手吧。不然,我们这么一个班,她又怎么能镇得住呢?

可第一次见面,我失望了。

那位徐老师孤零零地站在讲台前,整个人文文弱弱的,似乎
一阵急风吹过,就会倒了一样。

有这种想法的好像不止我一个人。

在徐老师还没讲完三句话时,就有人开始在台下窃窃私语
了,继而声音越来越大,大有盖过徐老师的声音的气势。

说话最大声的,无疑是我们班最有名的调皮鬼——刘大来
了。这刘大来,可是出了名的,哪个老师见他,不先头疼半天啊。

我刚疑惑呢,就见徐老师忽然走下了讲台,径直向刘大来走

去。教室里的喧闹声顿时静了下来,几乎所有的目光都凝聚到了刘大来的身上。

刘大来远远地看着徐老师走近,还没说什么话呢。徐老师忽然手一伸,就拽住了刘大来的衣领,整个人被拎了起来,稳稳地拉到了教室前的一个角落,所有人都愣住了。反而是那个徐老师显得很冷静,似乎刚才的事完全和她无关一样,微笑着说,现在我接着讲下去……

讲台下,同学们都很安静地听着,教室里鸦雀无声。

下课后,几乎所有的人都在讲一个问题,是不是这徐老师练过功啊?有人带着这个问题去问刘大来,刘大来坐在座位上,依然显得心有余悸样,喃喃道,这个老师可不得了啊。

但谁又都明白,孩子的心,是永远长不了记性的。

也没多少时间。

那一天,又是徐老师的课,教室里照样闹腾着。闹腾得最凶的,还是那个刘大来。私下里,刘大来曾经咬牙切齿地告诉我们,那一次,是他没有防备,这一次,那个徐老师绝对制不住他。

所有的同学看着刘大来耀武扬威的样子,都在想着,又该有好戏上演了。

果然,刘大来又很大声地说话,似乎是想绝对性地压制住徐老师并不算宏亮的声音。然后,我就看到徐老师停止了她说的话,环视了整个教师一周,最后,目光再度停留在了刘大来的身上。

慢慢地,我们就看见徐老师再度走下了讲台,朝着刘大来走去。我们不禁屏住了呼吸,想看看今天,是不是该势均力敌了。

刘大来似乎是很不屑地看着徐老师慢慢走近,刚想有什么动作,就猛地看到徐老师的手再次一伸,刘大来那两条粗壮的手臂,居然是毫无力量地被徐老师轻轻摁住了。我和刘大来是打过架的,他的力气可是不小的啊。我看着有些发愣。

这个徐老师,你说她没有功夫,那肯定是不可能的!谁都不想重蹈刘大来的覆辙,比起以往的任何一次,我们都听话了许多。至少是在徐老师的课上,是不敢有所动作的。

很顺利地过了这一年。

期间,再度也发生过多次刘大来挑战徐老师的事件,当然,每次的胜利者都是徐老师。而刘大来,大有死性不改的感觉。所有的人,都对着刘大来摇头,你这不是鸡蛋碰石头嘛。当然,这样的鸡蛋,也只有刘大来这么一个。谁也不想去做第二个鸡蛋。

那一天,我收到了重点高中的录取通知书,就想把这个喜讯告诉徐老师,让她也能高兴一下。打听到了徐老师家的位置,我就去了。

我敲了徐老师的门。

门开了。开门的居然是刘大来,我还以为我走错了门呢。刘大来见是我,一笑,没头没脑地喊了声:"姐,有人找。"我愣了愣,有些看不明白。

我刚想说什么。

就见徐老师走了出来,看我满是疑惑的表情,忽然笑了,笑着指着刘大来说,给你介绍一下,我表弟刘大来。

我一脸讶然的表情,您和刘大来,是表姐弟?我直感到有些难以置信。

徐老师笑了笑,说,不懂了吧?这是策略。若没有刘大来帮我唱双簧,你觉得我能镇得住你们班的那些捣蛋鬼吗?

全民微阅读系列

童虎的抉择

机会永远是稍纵即逝的。

童虎刚代理上校长的职务，机会就来了。

县里给中考的毕业班学生下拨了一个"市三好"的名额，哪个学生若能拿到这个名额，就能在中考分数中加上 10 分。

这 10 分，对于一个毕业生来说，可是不少啊。在这竞争力无比激烈的考试中，有了这 10 分，你甚至可能是从前十名，跑上前三名啊。你还可能从普通高中，变成县重点高中。你更可以从县重点高中，一跃进入市重点高中。

可这名额，究竟该给谁呢？

童虎这几天一直在琢磨着这个问题。

这一届的毕业班中，家世最不简单的就是两个学生了，一个是初三（五）班的李雷雷，他父亲是县委组织部副部长。另一个是初三（六）班的赵向前，他父亲是县里数得上号的私企老板赵千万。

若是给那李雷雷，那自己的仕途该是没有任何问题的，他父亲虽只是副部长，但只要随便说一句话，那这"代"字想来，没多久就可以摘掉了。

可这具体该怎么抉择，童虎还真下不了决心来。

也怪啊，以前这李部长、赵千万因为各自儿子的事，可没少打童虎的电话啊。可这次这么好的一个机会来了，他们的手机就像是丢了一样，一个都没打来过。

童虎一下就想到了李部长，这电话没来，自己这个心，还真定不下来。若是到时让李雷雷拿了这个"市三好"，李部长却一直装聋作哑着，到最后，自己竹篮打水一场空呢？

不行，想了想，童虎觉得自己该打个电话给李部长，稍微给他提醒一下。

想着，童虎拨通了李部长的电话。

童虎说，李部长您好，是这样，这次县里给我们学校下拨了一个"市三好"名额，如果哪个学生能得到那个荣誉，是可以在中考中加 10 分的。而您的公子也正好是毕业班的，所以，我想跟您商量一下——

李部长说，没事，没事，这事你们看着安排，该选谁就选谁吧。好吧？

说完，李部长就挂了电话。

童虎拎着被挂断的电话愣了半天，有些听不大懂李部长的话，李部长以前说话可不是这样的啊，是不是最近查得紧了些，又或是有某种暗示呢？

童虎接下去又拨通了赵千万的电话，赵千万的声音也有些冷淡，缺少了以前的热情。

令童虎更觉奇怪的是，赵千万临挂电话时，说得那句话，几乎是和李部长一模一样的，这事你们看着安排，该选谁就选谁吧。好吧？

挂了电话，童虎闷闷地想了好久，是不是这两位在较着劲呢？

童虎想啊想，还是没想明白。

可临到上报"市三好"名额的时间，眼看着就要到了。

到底该选谁呢？李雷雷？赵向前？

还是真按那实际的分数去安排？若是真按实际的分数安排，那这次的机会，等于自己就是白白葬送了啊。

童虎暗暗打听过那个学生的背景，学生叫陈立，爸妈都在普通厂里做着普通工人，要钱没钱，要背景也没背景，没有任何可以利用的价值。

在最后填下那个名单时，童虎觉得自己还是该赌一赌，赌上了，这代字，也就没有了。

童虎毅然决然地填下了"李雷雷"的名字。

临教育局下发"市三好"最终确定名单的那个晚上，童虎接到了李部长的电话，童虎以为李部长会表扬自己几句，谁知，电话刚响，就被李部长劈头盖脸骂了一句，你想害死我啊！童虎刚想说什么，电话已经挂了。

握着话筒，童虎半天没弄明白。

几天后，童虎惊意地得到一个消息，这个叫陈立的学生的外公，居然是市里的某位领导，因为当年领导不同意女儿嫁给一个穷工人，他们一度断绝了关系。可最近，他们开始来往了……

童虎有些明白了。童虎一个人坐在办公室里，燃了支烟，也不抽，就让烟一直就那么燃着。这一愣，就是好久。

一周后，童虎被撤销了代校长职务，成为一名普通教师。

骆 驼 的 脚

骆驼,是我哥。

那一天,骆驼做了个很坚定的决定,他要去千里之外乡下的一所残疾孩子的学校做老师。我们都反对,说,你要报恩,也不一定要自己去教书啊。骆驼还是去了,有点义无反顾。

骆驼做了一个班的班主任。

在新生见面会上,对着台下坐得满满的残疾孩子们,骆驼说,同学们好,很高兴能成为你们的班主任,陪伴大家一起学习。希望在今后的日子里,我们都能成为朋友。谢谢大家!

台下静默,无人鼓掌。孩子们的眼中带着茫然,还有懵懂。骆驼点点头,一切都在他的意料之中。

一天,骆驼走进教室时,感觉气氛有些不对。骆驼观察了一会,发现坐在第一排最后座位的叫王强的学生,头低在桌斗里,不时发出阵阵低沉的哭泣声。

骆驼说,王强同学,发生什么事了吗?

王强只有一只手,他的左手,在他3岁那年的一次意外中没了。

王强好几秒后才站了起来,眼红红的,脸上还挂了几颗泪珠。王强看了骆驼一眼,没说话。

骆驼很温柔的声音,说,王强同学,能告诉老师,到底是怎么回事吗?老师可以给你一起想办法啊。

王强怯怯地看了骆驼一眼,说,老师,今天早上的路上,我在一家小吃摊那里排队买早点。有几个同学要插队,我拦住了他们。他们就笑我,说我只有一只手,却要管两个手的事,说我管好自己的一只手就可以了……

骆驼摸摸王强的头,说,老师理解你的心情,确实,你只有一只手。但是,老师觉得,你做了你该做的事,这就已经足够。别人爱说什么就让他们去说吧,记住,我们要坚强一点,好吗?

再一天,班上的周红同学,哭哭啼啼就闯进骆驼的办公室,说,老师,我爸不让我读书了。周红天生有残疾,左腿比右腿短,走起路来一瘸一拐的。

骆驼一愣,说,为什么?

周红说,我爸说读书有什么用,还不如找门亲事,早早给许了人。

骆驼想了想,说,下午我正好没课,我去和他聊聊。

周红的家,离学校有一段距离。周红每天上学放学,都要走一个多小时的路,虽然是歪歪扭扭地走着,额头上不时还会沁出一些汗。但周红咬咬牙,看起来走得很坚定。

周红的父亲,正等着骆驼。

骆驼说,你好,听周红说,你不想让她读下去了?

周红父亲点点头,说,是,她瘸脚,读下去又有什么用呢。还不是浪费钱嘛。而且,她妈妈走得又早——

骆驼说,那你征询过周红的想法没有? 她本来就命苦,你再这么让她不读书,早早地嫁了人,你觉得这对她公平吗?

周红父亲犹豫着,说,其实我也知道委屈了孩子,老师——

骆驼唤来了周红,说,周红同学,你告诉老师,你想读书吗?

周红的眼睛亮亮的,说,老师,爸,我想读书,求您,给我读书吧！周红说着说着，就给父亲给跪了下来。

周红父亲汪了泪，上前抱住了周红，说，好，好，我们读书，读书孩子——

一个学期，眼瞅着就要过去了。

骆驼站在讲台前，说，同学们，感谢大家这一年对我的支持，我知道，作为一个残疾孩子的不易，所以，我们更要好好地生活。

有一个叫大伟的同学举了手。大伟只有一只眼，可以看见。

骆驼说，大伟同学，有什么事吗？

大伟说，老师，您不是残疾人，怎么能真正理解残疾孩子的不易呢？

骆驼点点头，忽然在讲台前的一张椅子前坐了下来。骆驼卷起了裤管，手轻轻一拉一伸，一只脚缓缓放了下来，另一只也缓缓放了下来。

所有的孩子的眼都瞪得圆圆的，包括大伟。

骆驼说，我给大家讲个故事吧，一个大学刚毕业的年轻人，收到一家大企业的入职通知，满心欢喜地过十字路口时，却忘了看红绿灯。一个残疾学校的老师，来遥远的大城市短暂旅游，看到一辆卡车驶向一个年轻人，他想都没想，就冲上去把年轻人推开。老师被车撞了，当场身亡。年轻人的命救下来了，但两条腿没了。

骆驼的声音有些哽咽，说，那位救人的老师，就是学校以前的刘老师。而我，就是被刘老师救下的年轻人。当我得知我丧失了双腿后，一度想过要自杀。但亲人们一次次地救了我，为了他们，我最终选择了坚定地活下去，并且，我来到了这里。我们身上是有残疾，但身上的残疾，并不代表心理的残疾。我们要让正常人看到，他们能做的事，我们同样也能做到。

台下，每个学生的脸上，都淌满了泪。

全民微阅读系列

亮　　点

李木是个苦孩子,3 岁时没了妈妈,7 岁时,一场突如其来的车祸,又带走了爸爸。留下一个孤苦无依的爷爷,和李木相依为命。

在爸爸还在的时候,幼小的李木就爱跑步。有事没事的时候,李木就爱在那里一蹦一跳的,然后,就是跑步。李木可以让着其他同龄小朋友先跑个几十米,他就在后面追。也没追多久吧,李木就把他们给超越了,并且很快就把他们甩在了远远的身后。

都说,李木这孩子,将来一定会是个长跑冠军。

后来,李木上了小学。爸爸不在了,小学还是要上的。几个亲戚朋友接济了一点,把李木送进了小学。

上了小学后的李木,学习也真不赖,每次考试,也都能在班上排个前三名。比起不赖的学习成绩,更不赖的,还是李木的长跑。李木在学校里,根本就找不到对手。即便是比他高几个年级的同学,和李木一起跑,也都有些跑他不过。

代表着学校,李木参加了好多次的长跑比赛,为学校赢得了若干个的优异成绩。据说,为了感谢李木为学校带来的诸多荣誉,学校还考虑免除他的所有学费,让他能更安心地学习,比赛。

李木似有个美好的未来。

那一晚,对着光洁的夜色,爷爷拍着李木的肩膀,说,木木,那是你爸妈在天上保佑着你呢。李木呆呆地看着天空,用力地点着头。

谁料，真的是祸不单行。

那一次，李木去县里参加比赛，那个场地的地貌似乎并不很好。李木快到冲刺阶段时，突然脚上被绊了一下，因为速度太快，整个人几乎就是像飞出去一般。然后就听到一声很沉重的"叭啦"声，是一种骨头被折断的声音。就看见李木，抱着自己的左脚，整个人已经瘫倒在了地上，大喘着粗气，一副痛不欲生的感觉。

李木被迅速送到了县医院，主治医生反复作着细致检查，最后还是摇了头，说，恐怕他这一辈子，是要在轮椅上度过了。

结果令人诧异。所有在场的人，都淌了泪。

那一刻，李木没哭。

在爸爸妈妈先后离开后，李木就已经流干了泪。

在轮椅上的日子，真的并不好过。在以前，李木习惯性地在饭前，或是饭后，出去走走路，散散步。现在不行了，李木只能坐在轮椅上，看着门口，一个劲地发呆。

很快，李木又有了新的兴趣。李木想起了画画。还记得小时候，别的孩子贪玩，坐不住。李木可以，只要是给他一支笔，一张白纸，他就能很安静地坐下来，在那里写写画画，一待就是大半天。

现在李木就更迷上画画了。画画不需要用脚，可以用手，描绘出一副副最美丽、最动人的画面。

画画伴随着李木，从小学进入了中学。

李木的画儿，被学校送去参加了评奖，一不小心，还拿回了一个大奖。评委的意见是，李木的画儿，虽然朴素，但在朴素中又有别的意境。还有人说，李木的画儿，是那种抽象画。不管是实像还是抽象,李木压根就不懂。但画儿能被认可,这还是令李木很高兴的事儿。

李木更用心地开始画画,李木的画儿,真的被许多国内外专家认可了,还被誉为了"画坛新星"。

那一年,李木大学毕业,几乎已经确定画画成为了他的事业。

也就是那年夏天,李木去森林写生,一条似乎是饿慌了的毒蛇,生生地咬了他右手一大口。李木被送往最近的医院时,已来不及。医生说,要么是截掉右手,要么就是没命。最后,李木赖以生存的右手,就这么没了。

那一天,这个城市最大的一个拍卖行,举行了一场慈善义拍。拍出的,是李木的右手画出的第一幅画儿,那幅画儿,其实很笨拙。甚至都没达到可以出来卖的档次。只有一只右手的李木坐在轮椅上,很坦然地坐在那幅画儿的旁边。

底价很低,那幅画儿,却被一路炒高。

最后,是一个中年男人叫出了一个匪夷所思的价格,拍下了那幅画儿。有记者采访了男人,说,您觉得您这个价格拿到这幅画,是物超所值吗?男人摇摇头,说,当然不是。接着,男人又笑了,指了指李木,说,是他的微笑、坚定,成为这幅画儿最大的亮点。

不管有多苦

那一年,我还有半年即将毕业,是职校毕业。

由学校安排,我和另 4 个同学,一起往一个大型苗圃实习。说是实习,其实就是打杂,要在那里留下来。基本也是没什么可能。我们被安排过去,就是玩上三四个月。然后回学校拿到毕业证书,走人。

就业压力已是很严峻。我们去了那里,其实盘算着的,还是接下去该去找个什么样的工作。也许,在那里,就是我们最后的轻松了。

在那里差不多玩了一个多月,爸妈帮我找了一份活儿。是在一个绿化工程公司干活,试用期三个月,职务是技术员,可以拿工资,一月 600 块,没休息天。

是父亲把我送到了那里,一个离家挺远的地方。父亲的身体不是很好,没走几步路,就气喘吁吁。父亲老了,但我又是那么的不成器。有些沮丧,但我没有表露出来。那里的工作,算是父亲的朋友给介绍的,父亲给那里的负责人递着烟,说,拜托你们了。负责人笑笑,说,没事。

父亲走了,我被留在了那里。住的地方,是一个大院子,类似一栋很大的别墅,我就睡在别墅旁左侧的一间平房内。天一黑,就是不能出门的,院子里被散养着一条大狼狗,一到晚上就被松开了铁链,很吓人。白天我见过,朝我不停狂叫着,直吓得我瑟瑟发抖。真被它咬上一口,那就不得了了。那一晚。我没睡着,一熄灯,蚊子就出来了,不停地咬我。忘记买蚊香了,只能开灯。开了灯,蚊子少了,但我更睡不着了,我不习惯在灯光下睡觉。迷迷糊糊的,一直是在半睡半醒之间,不知不觉天就亮了。

第一天,是拔草。就我一个人,在院子里的一块大草坪上,除去里面的杂草。我开始是蹲着拔的,除了没多久,脚就酸了。有个和我一般大的同事提醒说,可以去搬张凳子,坐着拔,就不那么累了。听着他的话,我还真去搬了张凳子,坐着来拔草。坐了没多久,还是累。可能是我人太高的缘故吧,我必须把整个身体都趴下来拔草。这真的很累人。

好不容易把上午撑完。中午吃完饭,都没休息,又出工了。四月的天,已经是很热了。特别是这么一个大下午,没多久我就已经满头大汗。再加上累,还有脚酸。我看着天,想着那几个还在实习的同学,他们可比我幸福多了。虽然他们拿不到钱,可能工作至今也没方向。但在那里,至少还可以无忧无虑地再玩上几天。

我拔了三天的草,三天都是大太阳。晒得我整个人,活生生地像个黑泥鳅。有时想想,真不知道那几天是怎么过的,但毕竟,还是算过去了。

后来的一天,是老板亲自点的名。让我和另两个人,和我一样刚从学校毕业的同事,一起去一个工地挖香樟树穴。那香樟,可不是什么小香樟,光根部的泥球直径,就有 1.5 米长。挖的树穴,起码要 2 米以上的长,深度也要在 1 米左右。

我们三个人,背着锹,戴着草帽,坐着车,去了那里。在早已按照图纸定好的位置,我们开始挖树穴。起先是一人一个。各挖各的。那挖土,可真不容易。一锹一锹的土,从坑里甩出来,真别提有多累了。因为离别墅远,午饭是要自己解决的。我们在路边,看到有卖吃的,就要了 3 个盒饭。就在工地上,大太阳下,席地而坐,我们吃得还挺香。

最苦最累的,还不算是这个。

那一次,工程刚刚上马。因为送树苗的车要凌晨两点到,老板把我们所有的人都召集起来,晚上突击进行干活。晚饭后,我们先是把白天所有的树穴,以及其他可控的活儿都给安顿好。这一忙,一直弄到十一二点。送苗车还没到,老板就让我们在公司的小巴车上睡一会。也许是忙乎了一天的缘故,这一睡,我还真睡得挺香的。然后,我就被人叫醒了,说,树苗来了,赶紧起来。我哦了一声,睁开眼,不远处,真还停了好几辆苗车。一侧的,负责吊树苗的吊车也已经到了,停在那里,就等我们干活了。

这一忙真就到了天亮。我还是第一次这样干活干到了天亮。真的是太过疲惫,想睡又不能睡。好不容易忙完了,老板又对我说,你留下来,一会,把水给浇一下,我哦了一声,和另一个年轻同事,一起去车上搬下了浇水的机器。

我在那干了一个多月,爸妈说要来看我。说好是中午到的,我等了半天,都还没等到。那时还没买手机。我只有干等。等到的是跌跌撞撞、由父亲扶着的母亲。父亲说,你妈她看路没注意,刚才差点让车给撞了。我刚想说什么,母亲看着我,却是一脸的心疼,说,你黑了,又瘦了。我听着,眼泪莫名地就下来了。

最难耐的还是晚上。后来我搬出了别墅的小院子。老板在别墅旁,又建了两排平房,我住进了其中的一间。那里没什么人,就我,还有另两个年轻同事。他们家住得近,有时下午干完活就回家了。而我不行,家太远,没办法回去。到了晚上,我一个人就挺无聊,也没电视,连水也没得喝。我就去旁边的小卖部,去买冷饮,去买饮料。我还清楚地记得,那时的小瓶雪碧,要 3 块钱。我买了一瓶,没几口就喝完了。不敢再去买了,钱花起来太快,我辛苦一天,也就赚 20 块。去掉一天 5 块的伙食费,真没剩几个钱了。

我想起了爸妈。我还是咬紧了牙关。

而今,我已经离开了那个公司,找到了更好的工作,还有了更好的待遇。我不用再为 3 块钱一瓶的雪碧而去纠结了。

但有时想想,我还挺怀念那样的日子了。因为,只有尝遍了苦,才能真正体会到幸福和快乐的真正意义。

我永远感谢那段苦日子。

年 关 已 近

爸说,儿,要过年了,你回吗?

我犹豫了下,说,爸,我看看吧。

爸叹了口气,就挂了电话。

我摸着手机,能感觉出电话那端,父亲脸上的失望。

我也想过回,可又怎么回呢,这一年来,在这个城市四处漂泊,找过几份工作,都没干太久,身上的钱,有了又没了。现在,没钱。连路费都是个问题。我趴在出租屋脏乱的床上,一筹莫展。

眼下,最紧要的,就是要挣一点钱。找一份工作,基本是不可能的,都大过年了,又有哪个公司愿意招人呢。

我出了门。

马路上人来人往，到处都洋溢着过年的气息，那些店铺的门口，要么是张灯结彩，要么就是红纸高挂，让人有种暖融融的感觉。

　　我的心头，却泛着一丝寒意。

　　我饿了。我摸着口袋里仅有的几张纸币，有些伤感，更有些惆怅。花完了这些钱，如果我还找不到工作，那就意味着要挨饿了。挨饿是很痛苦的事儿。我曾经一度很喜欢喝可乐，三块钱一瓶的可乐。我想过天天喝，但我喝不了。这样喝对我太奢侈了。

　　路的一侧，有个年轻男人拥着个漂亮女人，从一辆跑车中钻了出来，男人和女人说着似乎很暧昧的话语，做些很亲密的动作。间或男人很放肆地笑着，把女人搂得是更紧了。

　　那个年轻男人，差不多和我一样的年龄吧，他有的，我没有。我没有的，他都有。我的心头突然莫名地有了些恼意，在慨叹着世事不公的同时，我的步子，莫名地紧跟住了他们。

　　男人和女人，是进了一个商场。商场里的人很多。也许是过年的缘故吧，比平时要热闹许多。女人似乎是看中了一套化妆品，在那里徘徊着不走，男人凑了上去，也饶有兴致地看了眼。女人说，我喜欢这个，我们买吧？男人说，行，那就买吧。男人从口袋里掏啊掏，掏出了一张金色银行卡，对着女营业员说，小姐，我买了。女营业员微笑地点着头，说，请随我去结账吧。

　　买完化妆品，在一个卖皮衣的服装柜台前，男人女人又停了下来。女人对门口的一件大衣来了兴趣，大衣不便宜，要五位数。我远远地看着，感觉贵，还不是一般的贵啊。这些钱，我赚一年恐怕都赚不到。女人还没说话呢，男人就笑了，说，是不是喜欢？女人点点头，说，是。男人说，那我们就买，凡是你喜欢的我们都买。男人一招手，一旁的营业员就过来了。男人指了指那件衣服，说，我买了。顺手,男人掏出了那张金光闪闪的信用卡。

男人女人一路走着,分别在一个个柜台前停下来,又离开。原本他们空空如也的手上,多了五个包装袋。

也就是在那个时候,我慢慢地走了上去。

我想到了电视里看到的那些侠盗,为什么这个世上许多人会很穷,穷得无法想象,每天不知疲惫地干活赚钱,却还是赚不到多少钱呢。而另一些人,他们不需要怎么干活,甚至可以不干活,却可以有大把的钱任他们去挥霍。

我已经走近了他们,我知道男人的钱包,是在他裤子的右口袋里。男人的钱包里,除了好几张的信用卡,还有厚厚一沓的现金。

我准备伸出去的手,突然被另一只手给按住了。是一个男人的手,很有力,男人有 40 多岁,脸上满带着沧桑。

男人轻声对我耳语,小伙子,我们去聊聊吧。

我脑子里顿时懵了一下,无疑,我是被发现了。我想过逃跑。但男人很有自信的眼神,让我丧失了所有逃跑的信心。

我被男人带进了一间监控室,男人是这里的老板,在那里,有许多大厦摄像头拍出的画面。从画面中,我看到了我自己,一个多小时的时间,我一直在跟随着男人女人。

我低下了头。

男人反而笑了,说,小伙子,其实,不是非要干这个的。

男人还说,或者,你可以留在这里,做商场的保安,如果你还没找到合适工作的话。

我愣了愣,有些不明白地看着男人。我不信天上真能掉下馅饼,也不相信因祸得福。

男人想起了什么,从身上掏出了一个本本。

是本刑满释放证,翻开释放证,是比男人年轻的照片。

我看男人,男人的眼中带着浓浓的暖意。

有钱没钱,回家过年

爸打来电话时,我正忙着,没接到。临下班时,我瞅见了手机上的未接来电,是爸打来的,不是很在意。我知道爸没别的,估计就是问我,要啥时回吧。

下班后,回到冰冷的出租屋时,我拨通了爸的电话。果然,电话一接通,爸就问,过年回吗?我叹一口气,说,不回了。爸说,干吗不回,很忙吗?我说,忙。爸的声音低沉了下去,说,那你多注意身体。隐约似乎还说了一句,你妈想你了。就挂了电话。

放下电话,我回想着爸最后说的那句话,你妈想你了。我是有些犹豫的,在外面忙碌了一年,还真想回去一趟,去看看爸妈,看看那些亲朋。可怎么回呢?说实话,这一年,我没赚到什么钱,灰头土脸地回去,估计爸妈又该唠叨了,说谁谁谁在外赚了多少钱,谁谁谁又做了什么经理、主任。自己没钱又没名,倒还不如不回呢。更何况上一年去买火车票,连排了两天一夜的队,上了火车还不消停,就连走廊、卫生间都站满了人,真的是够惨。

心头还在纠结的时候,电话又响了,以为还是家里打来的,一看,是同事小魏打的,小魏说,哥,咱一起去买票吧?小魏比我小几岁,住我邻县,和我关系很铁,一直叫我哥。我说,我不回了,你去吧。小魏说,哥,干吗不回呢,不回家你留这里冷冷清清的干啥呢。我说，你别管了，反正我自有安排。小魏"哦"了一声，说，哥，行，那我去了。

放下电话，我开了电视，频道换了一个又一个，心里突然就没来由地烦，闹心的烦。烦了会，肚子又饿了，咕咕地叫了几声。我赶忙去冲了碗泡面，没滋没味地吃了几口，我突然就想起了妈包的饺子。妈包的饺子一向是馅多，一口吃下去，满嘴香甜。一想到这，我发觉口水就要掉下来了。

家里是坐不住了，我只好下楼去逛逛。有人说，心情不好的时候，到处跑跑，就能稍微舒缓起来。下了楼才发觉，这招对我估计会适得其反。临近过年的缘故，那些商家都纷纷打起了新年牌，店门前张灯结彩，好像新年已经到来了一般。我还看见，有一小孩，在一对年轻爸妈的搀扶下，喜笑颜开地学着走路。一走，爸妈就笑。再一走，又笑。他们笑得眼睛都眯成了一条缝。

几乎是以逃一般，我跑回了出租屋，关上门。我顾不上洗脸、洗脚，就脱了衣裤、鞋，跳上了床，把被子蒙住了脸，睡觉。

这一晚。我睡得并不好。

第二天，午休的时候，我撞见了一个女同事，从卫生间出来，神情显得有些伤感。这位女同事，昨天刚从老家回来，和我关系一向不错。

站在走廊边，我问她，家里出什么事了吗？

她摇头，说，没有。

我说，那你……

她说，这次回家，我发现爸妈又老了许多。他们都已经 70 多了，而我却不能留在他们身边。

女同事的情况，我知道一些。老家是山东的，在上海打工、居住，已经有一些年头了，并且在这里也是安了家。因为路途遥远，再加上工作也比较忙，这次回去前，已经有 2 年没回家了。回家一趟，确实也太不容易。当然，她也想过把爸妈接到上海来，但老人又哪离得开老家呢。

女同事还说，在她坐上离开家的车子时，透过车窗，她看见爸妈站在汽车后面，随着汽车的启动，爸妈跟着载着她远去的汽车，也跑动了起来。直到车子远去，他们才从她的视线中慢慢变小，到最后什么也看不到。

说这话时，女同事的眼圈，早已微微地红了起来。

坐在办公室里，想着女同事中午时的话语，我的心头始终平静不下来。整个下午，我千头万绪地忙了半天，又发觉忙什么最终都是一场空。临下班时，我的手机响了，是一条短信。

我点开，是一段话：娃，爸妈知道你在城市里过得不容易，你回吧。爸妈不会怪你，也不再管你赚多少钱有多少成就。只要你健健康康地回来。陪我们一起过年，比什么都好。

这段文字，估计是爸妈请人代输的，他们岁数大了，根本不会打字。放下手机，我愣了半天。

忽然，我想起了什么，赶紧拨了一个电话。

电话那端的声音异常嘈杂。

我说，小魏，队伍排得怎么样了？

小魏说，哥，还是你聪明，人太多了，再等等不行我也不回了。

我说，你说什么呢！等我，我也来排队！

平静的早晨

这是一个平静的早晨,才8点多。因为是休息日,马路上的行人,并不很多。

他就坐在马路一侧的一家小餐馆里,慢条斯理地吃着早餐。间或,会看一下对面。

小餐馆的对面,是一家银行。

时间又过了几分钟。银行的大门,徐徐地打开了。有一个保安,看上去年纪有些大,打着哈欠,拉开了卷帘门。保安的腰间,别着一根黑黑的棍子,不停地晃动着。

这家银行的位置,有些偏远。一般来存钱取钱的人,一直不是很多。

今天,也不例外。三三两两地有人进去,他数了数,也就七八个人。

早饭,他吃得也差不多了。他摸了摸随身带着的公文包,刚琢磨着想站起身。

他就看到惊人的一幕,一个男人,以极快的速度,从马路的一面,跑到了银行。在银行的门口,男人的手中,突然就多了一把枪。然后,他就看到男人打倒了那个年老的保安。那几个存取钱的人,缩在了银行的一角。男人把枪又对准了柜台内的几名工作人员……

他坐的座位的视线,正对着那家银行,整个过程,他都看得是清清楚楚。

他简直看呆了。他摸着公文包的手,也不由自主地缩了回来。

餐馆里,有人也看到了这一幕。有人颤抖着手,拨通了110,说,我报案,这边的一家银行,有劫匪,地址是……

他眼睛一眨不眨地看着银行里的那个男人。他看到那个男人,似乎是在和几名工作人员叫嚣着什么。估计是在向他们要钱。他还看到,果真有钱,从柜台的窗口里递了出来。那个男人接过,似乎是嫌少,又比画着手中的枪。

警车很适时地赶来了。五辆警车,一字排开,把银行全部包围了。

他的心头猛地一惊,比他预想中的来得要快。那个人报案时,他看过时间。他原本算过,一辆车从公安局开过来,按着实际距离测算,应该需要7分半钟,但这些警车,刚满5分钟就到了。

真的是快!他的脸上莫名地抖了一下。

那些警察,已经把银行包围得水泄不通。有一个警察,应该是里面的头,站在银行门口,拿着一个喇叭喊,把人质放出来,你有什么要求我们都可以满足你。他看到那个男人脸上的慌恐,他也许也没料到警察会来得如此之快吧。男人显得有些气急败坏,说,你们赶紧撤走,还有,给我一辆车,要加满油的。

一名领头的警察喊了声,好,别激动。手挥了挥,许多警察都纷纷往身后撤。

仅仅三分钟,一辆车就被送来了,停在了银行的门口。

但与此同时,他分明看到,在对面的银行屋顶的旁边,匍匐着几个穿迷彩服的人,他们的手里,都握了一把枪。枪头,正对着银行的门口。

他的脑子里迅速闪过三个字:狙击手!

原本在银行门口的警察们，早已经散去。

那个男人，手里拿着枪，顶在他前面的一个女人头上。女人整个人都颤抖着，眼睛里闪着泪光，是怕的。女人的整个身体，阻挡在男人的前面。这也是男人保护自己的一个举措。男人的手里，还拿着满满当当的一袋东西。里面，应该是装满了钱。

男人拉开了一辆警车的门。男人喊着让女人先进车子，女人的整个人都进去了，仅仅是瞬息之间，男人的头，几乎是以最快的速度往车里缩，但还是来不及了。就听见一声刺耳的"砰"的声音，男人的头上，顿时像开了一朵艳丽的花儿。然后，男人整个人就软了下去，直到躺倒在地。

他很认真地看着，从抢劫，一直到劫犯被枪毙。整个过程，每一步的细节，他都看得清楚。不知何时，他的额头已经满是汗水。他的眼前，只看到警察在来来回回地走，120也到了。男人被担架拉上了救护车。他想，估计是凶多吉少了。他从那个男人的身上，仿佛看到的是自己。

他看到几个保安，在冲洗着地上的血迹。保安冲得很认真，一会儿，血迹就没有了。

警察们都撤了。

一切都恢复了平静。平静到似乎这个早晨，什么事儿都没发生一样。

他的心头，却始终平静不下来。

他在那里，又坐了好一会儿。

最后，他离开了小餐馆。

他没有带走那只公文包，他觉得，已经没有必要拿了。

公文包里，有一把仿真手枪。

一把足以乱真的仿真手枪。

渡

在车站，年轻人就盯上了那个中年男人，一开始是觉得有些似曾相识，但想了半天，确定是不认识的。然后，是中年男人那个鼓囊囊的包，一身挺不错的装束，吸引住了年轻人。特别是中年男人在车站旁的报刊亭买报纸时，从上衣内口袋掏出一个同样鼓囊囊的钱包，年轻人偷眼看到，厚厚的一沓火红的纸币。那抹红花了年轻人的眼。

公交车停下时，一群等候好久的乘客你推我挤、争先恐后地上了车，中年男人也跟着上，年轻人跟在最后。年轻人不坐那车，他看中的是中年男人的钱包。

车上已经没坐了，中年男人站在了一个靠窗的位置，一手拉着座椅的后把手，一手拎着包，视线看向窗外。年轻人不动声色地站到了中年男人的身旁，车上的人确实是有些多，在一推一搡之间，将年轻人推到了中年男人身边。趁着没人注意，年轻人的手轻轻一伸，已伸至中年男人身上，悄悄地把那鼓囊囊的钱包给"拿"了出来。猎物到手，年轻人想的是赶紧从人群中穿过，到达后车门，等待下一站时，车门打开，悄悄地溜了下去。

巧合的是，在那一刻，中年男人掏出手机打了个电话，说，老马，是我老赵啊，我让你帮我打给山区孩子的钱，打过去了吗？

年轻人听了这话，心头微微一动，伸出去的脚，不由停顿了下。

中年男人的电话声音很大，还能听到那边男人的声音，说，老赵啊，我还没打呢，你上次给我的那张清单上，有不少孩子呢，我数一下啊，一二三四五……一共 10 个，对吗？

中年男人又说，对，对，就是那 10 个孩子……

那边男人说，老赵，那可不少钱呢，一个人一个学期 1000 块，10 个人就是 10000 块啊，你这么些年一直无私地资助他们，值得吗？

中年男人笑了，说，当然值得了，你忘记了，我们上次去山区，看到那些孤苦的孩子们，眼中所流露出的对知识的渴求，还有对美好生活的无限向往。

那边男人说，老赵，大道理我都懂，可是……毕竟这钱不是小数啊，而且靠你这么点微薄之力，又能帮上多少呢。

中年男人说，老马，确实我也帮不了太多，但你想啊，在我们小时候，那时多苦，缺吃少喝，本来还想着读个大学，可没钱啊。没钱只能眼巴巴地看着有钱的人去上，要是当时有人资助下咱们，那改变的就是我们整个人生啊……

中年男人说得挺坦荡的。

年轻人的心却是平静不下来，老赵，老赵……年轻人嘴里默念了几句，像是有些恍然似的。年轻人的眼睛突然亮了一下。

靠在一根杆子处，年轻人从口袋里找出一支笔，还有一张皱巴巴的纸。年轻人一只手托着纸，一只手拿着笔，在纸上写下什么，挺郑重其事的样子。

车子走走停停，已经好几站了。坐车的人，比起刚才似乎是更多了几个人。车子在一个颠簸摇晃之时，年轻人的身子猛地撞了中年男人一下，中年男人一惊，警觉了一下，用打电话的手碰了放钱包的上衣口袋，鼓囊囊的，还在。

又一个站头到了,年轻人随着下车的人流往后车门走。下车的瞬间,年轻人转过头,很认真地看了中年男人一眼。

几年前,年轻人也是中年男人资助的学生之一,因为家庭变故,年轻人终是放弃了学业,一头栽进了社会的泥潭。

中年男人掏出钱包,看到了里面塞的一张纸条,几个歪歪扭扭的字:对不起。中年男人很欣慰地点了下头。其时,中年男人早就认出了年轻人,那个电话,中年男人是打给年轻人听的,在年轻人拿去他钱包时,他就已发觉。中年男人"渡"过年轻人一次,这次,是"渡"了一个浪子回头,洗心革面。

马路边,公交车已慢慢远去,对着车子离去的方向,年轻人很认真地鞠了三个躬。

生　活

有些意外的来临完全是猝不及防的。

她下岗了。她在这个公司一做就是二十年,公司就像是一艘船。她几乎是把自己的半辈子献给了这艘船,然后这艘船,说沉就沉了。

她颓废地回了家,打算赶紧地找一份活儿。物价那么高,开销那么大,而且儿子读初中也要钱。他一个人赚的钱,维持这个家,还是挺难的。

她还没找上工作呢,他又出了事儿。他明明就在车间里,和几个工友说着话干着活呢,整个人就摇摇晃晃就倒下了。是脑梗死，来得很突然！

她在家里接到电话，晴天霹雳般的消息。她扶住墙，才没让自己瘫软下来。她的脑子里一阵空白，怎么办？怎么办？怎么办？

好好的一个家，有些摇摇欲坠了。

他和她都是这个城市的外来者，这么些年，也算是在这里安顿了下来。好不容易把房贷给还清了，以为接下去的日子可以宽松些了。谁又能料想到，他瘫了，没钱。她没工作，也没钱。这钱，是不可能无缘无故地从天上掉下来的。没钱，吃饭怎么办，儿子读书怎么办？

他在医院待了半个月，生生地将家里仅有的一点积蓄挥霍光了。他出院了，似乎状况还不错。但还是远不如一个正常人，吃饭，喝水，都要人照料。她忙中偷闲，找了一份钟点工的活儿。做钟点工时间相对少一些，人也自由些，可以更好地照顾他。

每天天还没亮，她就起床了，一天到晚，家里家外地忙，忙得两眼昏花，忙到精疲力竭。然后，打发儿子上床睡觉，又伺候他早点休息。每天都是如此的周而复始，她很觉得无奈，又是那般的无望。她赚的那点钟点工的钱，根本不够家里的开销。她不得不偷偷地向一些亲戚借了点钱，当然，这是不能让他知道的，她怕刺激到了他。

天气好一点的时候，她会推着坐在轮椅上的他，来到小区里的广场上，晒晒太阳，同时，也晒晒心情。有一个老人，看上去有70多了吧，也常常是站在那里，一直微笑着的脸庞，让人根本看不出，她已经是那般大的岁数了。

碰见的次数多了，渐渐也就熟了。她也会和老人聊上些话，说得最多的，是她以前的生活，比如她上大学时候的事儿，她结婚时候的事儿，还有她怀上儿子那一刻的幸福和满足……对于她现在的苦恼和无奈，从来都不说。她真的是想完全忘却自己所有的不快。

老人是个很好的聆听者。老人每次都很认真地听她讲，那些幸福又满足的事，从来不会提到她如今的现状。间或，老人还就她以前的高兴事，问上几句。老人的眼神和话语总是很温和，在温暖着她的心田，让她很有种精神上的满足感。

但，有的时候，现实又总是让人那么难耐。

那一天，她匆匆忙忙地从外面干完活回来，又赶紧地洗把手烧着饭菜给他吃。可能是饭菜不合他的胃口吧，他死活不愿意吃。她累了也一天了，见他不吃，一恼火，就摔了碗，然后夺门而出。

还是那个小区广场，她站在那里，心里愤愤难平，再想想这无望的生活，真的是连死的心都有了。不知什么时候，她转过头时，看到老人正静静地站在她身旁。她赶紧抹了一把眼前的泪，却抹不白那红红的眼眶。

老人依然很温和的口吻，说，是不是有什么苦闷的事了？可以和我说说吗？

看着老人鼓励般的眼神，不知怎么的，那些她从来不对外倾诉的话语，一股脑儿地倒了出来。话说完了，她忽然就觉得一阵轻松。

老人很平静地听她说完。半天，老人感慨地说了句，知道什么叫生活吗？生活，就是生下来，然后勇敢地活下去。

老人的话，掷地有声，像钟声响在她的耳畔。

她细细品读，觉得老人说得真的很对，是啊，苦难既然是来了，就没理由不勇敢地去面对啊！

她是微笑着走回家的。

医　者

　　孩子送来时，已经快不行了，张朝和老婆急红了眼。好几个医生，看了片子和孩子的状况后，都摇着头说，不行，不行，这个手术我没把握。张朝和老婆真的是急疯了，差点就给他们跪了下来，说，求求你们，你们一定要救我儿子啊。一个年轻医生，看着有些不忍，说，有个叫从勇强的医生，是我们这里的专家，可能有点希望，但是……年轻医生有些欲言又止。

　　但是什么？张朝问。年轻医生想了想，说，我去给你打个电话试试，他如果说可以，那就可以。电话打完，年轻医生说，从医生答应了，马上就动手术，你们准备一下吧。张朝和老婆一阵惊喜。张朝朝老婆使了个眼色，老婆就去了趟门口的银行，匆匆回来时手里多了个鼓囊囊的信封。

　　那个叫从勇强的医生，走过来时脸上有点憔悴，他的身后跟着的是推着孩子的病床，眼瞅着快要到手术室了。张朝把从医生拉到了一个角落，然后递上那个信封。从医生推托着不接，反复几次，张朝的脸上都有了汗。有一个护士在喊，从医生，可以手术了。从医生推托不过，只好接过信封，随手放进口袋里。然后，就匆匆地进了手术室。

　　张朝和老婆被阻拦在了手术室的门口，看着门轻轻地被关上。张朝拍了拍老婆的肩，说，没事的，一定没事的，医生都把红包给收了，他一定会尽全力的。

这次的手术，真像是一场马拉松。从下午六点一直到凌晨一二点，张朝和老婆坐在门外的地上，差点都虚脱了。怎么还没好呢，怎么还没好呢。老婆嘴里不停喃喃道，眼角的泪早已干了，留下一道道清晰的泪痕。不时还怪上自己几句，都怪我，没照看好儿子。张朝拉住她的手，紧紧地。

　　不知什么时候，手术室的门打开了，有一个护士在喊，谁是张海旭的家属？张海旭正是孩子的名字。张朝和老婆听到声音，早已拥了上去，说，我是，我是。护士说，手术很成功，孩子一会就出来，先进重症监控室，你们别着急。临走，护士不知是有意还是无意，说，你们啊，还真该感谢下从医生。

　　几天后，老婆经过医院楼下的表彰栏，发现上面有从医生的照片，仔细一看，这是年度模范医生的事迹专栏。原来从勇强因一台手术，错过了和父亲见最后一面的机会，留下了终身的遗憾。……

　　老婆回到病房时，把从医生的这事告诉给了张朝。张朝想了想，说，他是尽力了，可他不是也收了我们的红包了吗？这样的人，怎么可以评模范呢。老婆想了想，也是啊，好像是有点说不过去。

　　张朝和老婆只是在病房里轻声地述说，邻床的一个病友听到了他们的对话，也没吭声。出了病房，就和另一个病友说了起来，说起了那个叫从勇强的医生，收受红包却被评模范的事儿。

　　事儿很快传到了许多人的耳朵里。

　　再一天，老婆看到了表彰栏里，从勇强医生的照片悄悄地被撤了下来。回到病房时，又有两个说是医院监察处的人，来了解情况，把他们带进了一间办公室。

　　在那里，他们看到了坐着的从勇强医生，他们是有些歉意地，虽然他们给了红包，但毕竟人家救了自己的孩子。从医生反而朝他们微微一笑，说，你们查过交给医院的押金吗？张朝和老婆摇头，说，没有。一个男人递给了他们一份押金收据，在他们手术的当晚，孩子的账户上又多了一笔钱，那个数字，正是张朝塞给从医生的钱。

从医生说，当时收你们的钱，一是想让你们放心，二是时间确实也紧迫。

张朝说，从医生，对不起，我……

从医生摆了摆手，说，医者父母心，无论我做什么，我首先想到的都要对得起我的良心。

春　天　里

夏天，大学毕业的刘梅背着沉沉的行囊来到了这个陌生的城市。据说，这里遍地是黄金。但刘梅发现，好不容易找到的工作的收入不像是黄金，房租倒真像是黄金。刘梅就把房租到了很偏远的地方，那里价格便宜，但人烟稀少。

每天，刘梅坐车回家，要有近两个小时的车程。车站下来，还要走一段并不算短又没有路灯的路。下车时，天一般都已黑了。然后，刘梅走在那一段路上，想着电视里或书上出现的那些突如其来的场景，心里莫名地就有了种恐慌感。

那一晚，刘梅下车时，看到了一个老头，有六十多岁的模样。老头还挺慈眉善目的，让刘梅想到了她早逝的爷爷。有几次早上上班时，刘梅见过这个老头。因而，刘梅虽然没说话，但还是朝老头点了下头。

有些意外，老头竟陪着刘梅一起走了。老头边走边说，小姑娘，是新搬来的吧？刘梅点点头，说，是的。老头又说，你觉得这里好，还是你家乡好啊？刘梅说，当然是家乡好了。老头就嘿嘿地笑了，说，我年轻的时候，也去过你们乡下，那里的生活啊……一路上，老头滔滔不绝地说着话。有了个人陪伴，刘梅不觉得害怕了，并且，好像没走多少时间，就到了。出租屋的门口，站着一个老太太，是老头的老伴。老头和刘梅说着再见，就和老太太进了旁边的一个房间。

后来的几次，刘梅到车站时，老头都会等在那里。看到刘梅下车，老头总是一笑，说，真巧啊，你看我散步到这里，刚想休息会，你就回来了。刘梅说，是啊，真巧。回去的路上，老头当然是不停地说着话，不知不觉，路又变短了一般，很快又到了出租屋门口。老太太等在那里，和老头说着话，也会和刘梅说上几句，小姑娘，你这么晚回家啊。刘梅苦笑，说，是啊。

秋天，刘梅到了车站，还是能看到老头等在那里。秋天的夜，已经是很有一些寒意了。

那一晚，刘梅在单位加了个班，从车站上下来，已经快9点了。车站边，有一盏昏暗的路灯。刘梅看到，路灯下，老头站在那里搓着手，不时又跺着脚，再或者，就是不住地在手上哈着气。

刘梅是在车上看到这一切的，心莫名地有些暖意。刘梅下车时，老头一张被冻得苍白的脸上，霎时就有了笑容。刘梅刚想说什么，老头忽然说，真巧啊，我今天散步的晚，你下班得也晚，看来我们还真挺有缘的。一路上，老头还是不停地在说啊说，刘梅心里想问的话堵在喉咙口一直没说出来。直至又到了出租房门口，老太太裹着厚厚的衣服等在那里。老太太说，小姑娘，赶紧回去吧。老头朝着刘梅点了一下头，就跟着老太太进了屋。

冬天的尾声，刘梅谈了个男朋友，是老家那的人，也在这个城市里打拼，两人几乎是一见钟情的。男朋友住的地方，离刘梅的公司近，男朋友劝刘梅搬到他那里去。刘梅想了想，同意了。刘梅还和男朋友说了她在出租屋那，有对老夫妇陪她走过那段夜路的事。男朋友听得也极为感动。男朋友拉着刘梅的手，说，我想去见见他们。

那一晚，男朋友陪着刘梅下车的时候，没看到老头，看到的却是老太太。老太太看到刘梅身边多了个男人，似乎也是吃了一惊。刘梅忙给老太太介绍了自己的男朋友，又说，阿姨，今天是您散步吗？老太太说，对，对，你叔叔临时有点事，我一个人闲得慌，就出来走走。一路走着，一路说着话。刘梅说，阿姨，谢谢您和叔叔这段时间一直陪着我，接下去，我想住我男朋友那里了，因为可以离公司近一点。老太太说，好啊，好啊，小姑娘，那你要学会照顾自己啊。

说着话，就到了出租屋，门口没看到老头。刘梅和男朋友站在那里，想等着老太太先进房间。可老太太没进去，门就开了，出来个男人，不是老头。刘梅有些不明白了。

在刘梅的房间，老太太说了，其实在一个多月前，他们俩就搬到了另一个地方。那里离这边有一段的路程。因为想着要陪伴刘梅，老头还是会等在车站，等把刘梅送到出租屋，老头再走回去。前一晚，老头送完刘梅，回家的路上，不小心扭伤了脚，所以今晚才换了老太太等在那里。

刘梅的眼前早已模糊一片，她的手和男朋友的手紧紧地缠绕在一起。

春天，快来了。

全民微阅读系列

搭 车

李想希望有人搭他的车。

李想是一名货车司机,整天开着车穿梭在城市与乡下之间的马路上。

李想的经理知道了。经理就找到李想,说,李想,你要知道,你是送货的司机。经理还说,李想,你的车是公司的,不是你个人的,公司的车没有义务让你搭乘别人,知道吗?

李想低着头,说,经理,我知道了。

李想说是知道了,但经理的话,并没改变李想什么。李想又想到了父亲说过的那个故事。

那一个寒冷的下雪天的夜晚,怀着李想的母亲,在家里肚子突然疼了起来。从家到医院是有一段距离的。父亲搀着母亲,来到了漆黑的马路边,期盼着路边能有一辆车停下来搭他们去医院。也许是恶劣天气的缘故,开过去的车子很少,偶尔能开过来一辆,却都没停下来。等了快两个小时,终于有一辆车停了下来。可到医院时,已经是晚了。李想活了下来,母亲没了。医生擦了把额头上的汗,说,若是能早十分钟送来,就好了。

一想起这事,李想的鼻子里总莫名地有些酸楚。也就是从听到这个故事起,李想就想着成为一名司机,去搭乘那些需要帮助的人。而今,李想的梦想成了现实,他很乐意做他喜欢做的事。

有一次,李想搭乘一个乡下老头去城里。老头上了车,似乎有些诚惶诚恐,说,不收钱? 李想点头,说,是啊。老头还不信,说,真不收钱? 小伙子,你可别诓我老头子啊。李想说,老人家,你放一百二十个心吧,我保证一分钱不收你的。

直至真到了城里,老头才真正算是信了。老头拉着李想的手,说,小伙子,你真是个好人哪。李想微微一笑,说,没事,顺路而已。重新开动车子,李想心头一阵欢欣,那是做了好事的成就感。

那一天,天气有些阴沉,李想拉着货,刚从乡下开车,看着这微微放黑的天空,估计不久之后就将有一场大雨降临。原本乡下的马路上就没什么人,眼瞅着快要下雨,就更看不到人影了。

走了没几步,远远地,似乎是站着一个人,在马路边招着手。李想放缓速度开了过去,刚把车停在那人身边。副驾驶座的门打开了,一个男人一屁股就坐在了座位上。男人上车后,也不说话,甚至一句客气话都没说。倒是李想有些耐不住,说了句,哥们,你去城里吗? 男人说,是。男人的脸,似乎带了些狰狞。李想的心头,微微地渗出些汗。

车子已经重新开动。

李想边开着车,边说,哥们,看你的样了,是去城里办事吧? 男人说,是。李想说,你是城里人吧? 男人没吭声。李想又说,你在乡下有亲戚? 男人似乎是有些不耐烦,瞪了李想一眼,说,你好烦啊! 李想讪笑了笑,说,哪里,我平常都一个人在车上,无聊得很。难得有人上车陪我,自然要多聊几句了。

说着话时,外面已经下起了雨,雨点很大,噼里啪啦地砸在车子上。听起来,这声音还挺悦耳动听的。

男人说,搭你的车去城里,多少钱? 李想"哦"了一声,说,不要钱。男人一愣,说,为啥不要钱? 李想乐了,说,我没想过靠这赚钱啊，搭乘本来就是帮助别人。男人很奇怪地看了李想一眼，忽然呵呵地笑了，笑得挺有意味的。

在男人的笑意中，李想讲了一个故事，那个下雪天夜晚的故事。李想说，要是那天，如果有一个司机，能早一点停下车的话。母亲也许就活下来了。我从没看到过真实的母亲，我只能看母亲的照片，偶尔在梦中能见到她。

说到那里，男人脸上的笑意早已不见。男人的脸，突然变得严肃了许多。

说着话，车子离城里已越来越近。男人喊了声，停车！李想差点被吓了一跳，然后紧紧踩住刹车，车就停了下来。

外面的雨，已经没下了。雨后的田野，还有天空，显得特别的清新怡人。

男人说，我不去城里了。

车门打开，男人下了车。朝着远处走去，走得很快，没一会儿，人就消失得无影无踪，像是没出现过一般。

李想看到男人坐过的座位下，多了一把刀，一把雪白的刀。李想的心里暗暗惊了一下。李想还看到掉落的一张皱皱巴巴的纸，上面有一个城里的地址，还有一个血红的名字。

想到男人下车时，眼中亮亮的神采。

李想重新启动了车，没松掉离合器，只把油门重重地踩了下，然后车子发出轰隆轰隆巨大的声音。

李想的心里，莫名地有些欢畅。

一只流浪狗

有一天。我们这层楼的楼下门口处,出现了一条流浪狗。很小的一条狗,狗毛呈白色,像是刚产出来的。冬日的天,足够冷。我看到那条流浪狗,使劲地抖动着自己的头,以运动来取暖。间或,发出阵阵哀怨的声音。

我匆匆地赶着去上班,也来不及多去关注流浪狗。我走过狗的时候,就在想,这狗,肯定是被遗弃了吧。定是被哪个不负责任的主人,嫌家里狗太多,便把它给赶了出去。说实话,我不讨厌狗,但也真没想过要养什么狗。养狗太麻烦,要喂它吃喝,给它洗澡,最主要的,还要给它安排住宿的地方。把狗按在自己家里,我可想都不敢想!

晚上回来时,天还没黑。我看到那条流浪狗,还蹲在门口处。不过,看起来,它似乎比我舒服一些。我上着一天的班,还饥肠辘辘的,它比我好。躺的位置多了一只碗,碗里也盛满了各种各样的食物。

我上了楼,胡乱地端出冰箱里的剩菜剩饭,放在微波炉里热了几分钟。一个人的日子总是那么的寂寥,我想起了那条流浪狗。我觉得自己和那条狗,似乎也有一些共同之处。我吃了几口菜,看到了里面的几块大肉。我就不再吃了,端着那只盛了大肉的碗,我下了楼,倒进了流浪狗的碗中。流浪狗似乎认真地看了我一眼,并且还朝我摇起了尾巴。

第二天一早,我下楼时,在想着那只流浪狗,还在不在楼下。推开楼下的大铁门,流浪狗果然还在,它蜷缩着身子,躲在旁边的几株小海桐之间,借以来取暖。我看着,不觉有些心酸。我跑回了楼,我想起我有一条很少盖的小毯子。也许,这流浪狗会用得着吧。

　　晚上,当我再度下班回家时,流浪狗睡觉的地方,已经多了好几条被子。流浪狗躺在那些被子上,脸上似乎满带着笑意。

　　后来的一天,我感冒了,高烧烧到了40度。我请假了,到医院配了许多的药,然后就睡了一天。晚上,我昏昏沉沉地还在睡着,间或能听到窗外噼里啪啦的雨声。我的脑子里忽然想起了楼下的那条流浪狗,这么大的雨,这狗要被淋透了吧。我是很想跑下楼去看看那条流浪狗,但我刚直起的身子,很快又躺了下去。我根本就没有气力起来。接着,我又昏昏沉沉地睡着了。

　　天亮时,我醒来了,觉得神清志爽,也听不见了雨声。我再摸摸额头,已经没有一点烫意了。我的感冒已经好了。我猛然想起了那条流浪狗,快速跑到楼下,我以为那条流浪狗,一定是被淋得很落魄。可是——我呆住了,流浪狗身上的毛,是干的。流浪狗的不远处,竖起了一个小木屋。

　　结尾一:我回到楼上时,找出手机想看看时间,就看到了上面的十几个未接来电,还有一条短信,是爸妈的,他们好像已经知道我感冒了,只说了一句,想回家,随时都回来吧。那十几个未接来电,也都是他们打的。昨天因为我想好好睡一觉,都调了静音。

　　我的眼眶霎时就红了。

　　为了一段莫名其妙的所谓爱情,我固执己见地和爸妈大吵了一架,然后毅然地搬了出去,并且即便证明自己是错了,还是高昂着头不想低下。

结尾二：这个小木屋是谁搭的呢，我还在想着时，隔壁的一个年轻人告诉我，是楼下的那对老夫妻搭的，他看见他们在楼下噼噼啪啪地忙了大半天。那对老夫妻，是有名的吝啬。我有些不信，那个小木屋怎么可能是他们搭的呢。

不久。又听到一个消息，几年前被老夫妻赶出门的儿子，也被迎了回来。

一千二百块钱

刘丁剔着牙，从饭店里走出来时，心情可真的是一片大好啊。

说起来，刘丁这段日子的运气，可不是太好。就在昨天，刘丁刚从拘留所出来。刘丁是一个贼。

之前，刘丁有好几天没"出工"了。他想起该干活了，就上了公共汽车。

趁着车上人挤人的时候，刘丁的手就进了中年女乘客的坤包内。然后，也真不知道是怎么发觉的，刘丁的手刚把钱包从包里掏出来。中年女乘客就是一声大喊，抓贼啊，抓贼啊。刘丁一慌，赶紧想把钱包扔掉。可哪还来得及啊，中年女乘客那双肥大的手，紧紧地拽住了他的手。刘丁就很奇怪，这个女人的手，怎么会有这么大的劲儿呢！

再然后，刘丁就被扭送进了派出所。因为有前科，被拘留了15天，这不，刚放出来嘛。

饭店外的夜色，还真的是不错。

刘丁摸了摸口袋里，还剩下的三百多块钱，再摸摸自己的肚子，想想，自己今天吃得还真不赖，好久没这么放开肚子吃了。看来，还真得谢谢那个打工妹了。

一想到那个打工妹，刘丁就不由地想笑。

刘丁从拘留所出来后，上了一辆公交车，车上人并不多，都有座位坐。打工妹就坐在刘丁前边的座位。

刘丁不明白，是这打工妹太有钱了呢，还是过于兴奋了。居然忘了把包的拉链给拉上。裸露着的包的口子处，能很明显地看到一沓钱。刘丁不知道那些大概是多少钱，刘丁只能看出来，那一张张火红的钞票，都是一百块一张的。

本来，刘丁是不准备在这个车上下手。刚从拘留所里出来，马上就干"活儿"，是不是会"犯冲"啊。

可那钱，就生生地摆在刘丁的眼前，一直诱惑着他。特别是当坐在刘丁后面的几个乘客，都一个个地下车之后，刘丁就发觉，自己的心真的是痒了，越来越痒了。放着这钱不去拿，真的是心有不甘。

本来，刘丁身上也没几个钱了。要不，就算是这钱，是那个打工妹"借"给我的吧。以后若有机会见到，自己手上也宽裕了，就"还"给她。

这样想着，在临下车之前，刘丁真的就行动了。

很轻易地，刘丁的手指轻轻一伸，那一沓火红的钞票就被摸了出来，进了刘丁自己的口袋。吹了个口哨，车后门打开，刘丁很自然地就下了车。

下车后，刘丁数了数那钱，12张，都是百元大钞，崭新的，连着号的。真是不少了，刘丁微微一笑，就进了那家让他极为享受的饭店。

夜色下,刘丁摸了摸口袋里剩余的钱,旁边是一条河道,沿着河道边的水泥长廊,常能看到许多人,徘徊在长廊边,或谈情说爱,闲话聊天,又或是嬉笑怒骂。

但今晚,刘丁走了一段,发觉就走不过去了。

一侧的长廊边,拥满了围观的人群。

刘丁有些不明白,是什么让这么多人那么有兴致地围着看哪。因了好奇,刘丁挤进了人群,很想去看个究竟。

走到最深处时,透过长廊边侧的路灯微弱的灯光,刘丁就看到,是一个人,躺在了长廊边的地上,一动不动的。看得出来,这人像是刚从河道里打捞出来一般,全身闪着湿漉漉的光泽。

再走近些时,刘丁几乎就被吓了一大跳。

那躺在地上的那个人,竟然就是那个打工妹。

人群中有人在嘀咕着,说,我眼瞅着,这女孩子站在长廊边,好像心事重重的样子,嘴里似乎是在念叨着一千二百块钱什么的。后来,不知怎么的,这个女孩子一仰身,就跳进了河道里……

有警察过来了,把人群往外赶了赶。

还有像法医一样的人,走近了打工妹。最后,刘丁看到,法医居然在摇头。

那一刻,刘丁发觉,自己的整个脑袋,都像是要被炸开一样,他不明白,为什么一切会变成这样。就这么一千二百块钱,就葬送了一个鲜活的生命,自己的这个罪孽,可真的是不轻啊。

站在长廊的一角,刘丁呕个不停,像是要把自己的心肝脾肺全给呕出来一般。

抬头看啊看星星

走的时候,李木拉着春妮的手,说,妮,等我,我赚够了5万块钱,就回来娶你。

春妮的眼中闪着泪,说,木哥,你小心点,我等你,一定等你!

李木用力点着头。

然后,李木一步一回头地上了往城市的车。在车上,李木不时地回眸,看慢慢地变成一个小黑点的春妮。

三天前,李木去春妮家提亲。春妮爹抽着旱烟,黑着一张脸,说,你有5万块钱吗?李木摇头,没有。李木家穷,能凑起个5千块钱就不错了。春妮爹说,行,那你啥时有了那5万块钱,啥时我就把春妮嫁给你。

一天后,李木已经来到了千里之外的陌生的城市。

李木先是在一个工地打工。工头是个很凶的男人。工头说,一个星期干七天,一天干14个小时,一个月3000块钱。李木说,没休息天吗?14个小时是不是长了点?工头一瞪眼,说,不想干滚蛋!李木眼一怯,就说不出话了。

这样干了一星期,李木浑身乏力眼冒金星。晚上刚下班,李木就拨通了春妮的电话。春妮说,木哥,你好吗?李木说,好,很好啊。春妮很兴奋的声音,木哥,那就好,那你早早赚了钱,来娶我吧……说到后面,因为害羞,春妮的声音低低的。李木也笑了,说,春妮,我一定努力,你放心吧。挂了电话,李木摸着破旧的手机,眼前闪现着春妮甜甜的笑。

满一个月了。李木去找工头要工钱,工头给了他三百块。李木一愣,说,不是三千吗? 工头说,是三千,你没看这里的要求吗? 先给你三百的生活费,等工地结束的时候,再把其他钱一次性给你。李木看着工头,有些怀疑,想想,也没其他办法。

每到晚上,李木就和春妮打电话,春妮说,木,现在赚到多少了? 李木就说了。春妮就赞几句,说,不错不错。为了省钱,他们讲的时间不会太长。每次,李木挂电话时都有点依依不舍,春妮说,想我就多看看天上的星星,每一颗星星一闪光就代表我在对你笑。李木果真就抬头看星星,他挤住在工棚的角落里,根本看不到星星。但他没跟春妮说,李木假装自己是能看到星星的。

干了十个月,工程结束了,可工头也跑了,跑得无影无踪。和李木一起打工的工友们,大家的脸上都写着迷茫,没人知道该怎么办! 人都跑了还能怎么办?

晚上,李木还在马路上漫无目的地走着。电话来了,是春妮,木哥,有个事,我和你说,你别生气啊。李木说,不生气,你说吧。春妮说,今天家里有人上门提亲了。李木有些慌,那你同意了吗? 春妮说,当然不啊。李木摸摸胸口,好,好。春妮又说,李木哥,你能看见星星吗? 李木抬起头,四面都是高楼,哪里看得见星星啊。李木说,有,有,这里有好多星星呢!

李木很快又找了份工。一个月也是3000块,没休息,一天14个小时。好像这成行规了。干活前,李木还特意问了工头,工资是按月发的吗? 工头说,当然了。

满一个月,工头给了李木1000块钱。李木说,不是3000块吗? 工头说,等等吧,我手上就这么点钱了。工头一脸难色,你放心,我要是拿到钱,立马就补给你。李木想了想,只好说,好吧。

干了八个月,工头又跑了。李木无法理解,看上去那么慈眉善目的工头,怎么也是个骗子呢?

那一晚,春妮在电话里说,木哥,你出来快2年了,钱筹齐了吗?李木不知道该说什么好,春妮,我……春妮又说,木哥,你知道吗?这几天有好几个人上门提亲了,有人还拿了十万块钱。我死活不肯。春妮有些哽咽了,木哥,我真不知道自己还能撑多久了。李木想说,春妮,要不,你别等我了。李木的嘴张了张,没有说出口。他想抬头,还是没有,这里的天空,是看不到星星的吧。

想了一晚,李木发觉,再要打上2年工赚个5万块,那是不现实的。现在,最好的办法,就是找到那两个黑心的工头,讨回自己被拖欠的工钱。

李木就开始在这个城市里晃,大街小巷、角角落落地跑。李木不信,他们就真离开了这个城市。

找了半个多月。

那一天,李木已经快两天没正经吃过东西了。在一条偏僻的街口,他看到了一张熟悉的脸,工头!对面,好像还有另一张熟悉的脸!他俩竟然在一起!就在马路对面,可被李木逮到了!

没多想,李木就迫不及待地向前跑,他要揪住他们的手,不让走。还要质问他们,你们为什么要跑?为什么要昧了良心贪工人们的血汗钱?

李木跑得太快了,快到都来不及看一侧开过去的一辆卡车。

卡车将李木重重地撞飞了出去。在半空中,李木听到了身体骨骼被撕裂的声音,还有,在这大白天,他竟然分明看到了天空中的星星,一闪一闪的,很美,像春妮动人的眼睛。

哥　哥

一个有预感的男人

　　杨丰有个哥哥,叫杨兵。杨兵有些智障,傻傻的,脸是浮肿的,眼也是浮肿的,话都说不太清楚。

　　杨兵比杨丰大三岁。杨丰上幼儿园小班时,杨兵上小学一年级;杨丰上幼儿园大班时,杨兵还上小学一年级;等到杨丰上小学一年级时,杨兵就不上学了,整天耷拉个脸,在家里跑来跑去。

　　杨丰有点瞧不起哥哥杨兵。特别是有一天,几个小朋友在追着杨兵打闹时,杨兵一副逆来顺受的样子,不时还傻呵呵地直乐。杨丰冲过去说,不许你们打我哥哥。那几个小朋友就笑了,说,怪不得看你挺傻的,原来是有一个傻蛋哥哥啊。然后杨丰就和他们扭打在了一起,杨丰单薄的身子哪是他们几个人的对手啊,没几个回合就被摁在了地上。杨兵看到弟弟被打了,嘴里顿时含糊不清地喊着不要打,不要打我弟弟!可他们哪听他的,照样在打。杨兵是想帮忙的,但手动了动,终是没有勇气。

　　鼻青脸肿的杨丰和杨兵回了家。杨丰看到母亲,当即就落了泪,说了事情的原委。很奇怪,母亲并没责怪杨兵,只是问杨丰,还疼吗?杨丰说,疼。杨兵似乎是知道自己错了,平时吃饭时,都会手舞足蹈地说些什么。那一天,杨兵很安静,在看到一个杨丰最喜欢吃的红烧排骨时,还讨好一样搛了一块到他碗里。可杨丰却并不领情,筷子一动,排骨就被挑到了地上。母亲看到了,瞪了杨丰一眼,说,你可以这么对你哥哥吗!杨丰又一次落了泪,妈妈偏心！杨丰哭喊着扔下了碗筷，冲到了屋外。

杨丰是在县城读的高中。那一天，父亲带着杨兵来学校看他。在杨丰的寝室里，杨兵傻呵呵地叫着，弟弟，弟弟。惹得几个室友忍不住笑了起来。那一刻，杨丰只觉得自己受了侮辱，脸涨得通红，头也不回地走了出去。

杨丰一个人站在漆黑的走廊前，父亲拉着杨兵也走了过来。杨兵怯怯的表情，似乎又知道自己错了，低声喊着，弟弟，弟弟。杨丰真恼了，说，你叫什么叫！谁是你弟弟！然后，杨丰的脸就被甩响了。父亲圆瞪着眼，说，杨丰，给你哥哥道歉！杨丰摇头，说，我不！父亲说，你道不道歉。父亲的手又一次举了起来。

晚上，躺在床上，杨丰忽然想到，爸妈对自己，和对杨兵，从来都是两样的态度。自己不会是被领养的吧？从前的事一幕一幕地在眼前掠过，更印证了杨丰心头的想法。

杨丰考上了一所名牌大学。大学在邻省。要开学了，爸妈要送杨丰，毕竟算是他第一次去外地。杨兵嚷嚷着也要去，还喊着，弟弟，弟弟，我也要送弟弟。杨丰看了杨兵一眼，本想拒绝。但看着杨兵一脸希冀的表情，杨丰就点了点头。

从邻省的火车站出来，去大学要坐半小时的公交车。杨丰背着沉重的旅行袋穿马路时，一辆卡车像疯了一般冲来。那突如其来的变故，让杨丰忘了闪躲。霎时，竟然是杨兵，一把就推开了愣在路中央的杨丰。然后，卡车将杨兵撞飞了出去。

在医院里，医生护士忙碌地把杨兵推进了手术室。一会儿，护士跑出来，说杨兵的那类血稀缺。父亲母亲和杨丰都说，用我的吧。一验血，竟然都不匹配。还好，医院紧急从别的救护中心调来了血样。

杨丰有点不明白这个结果。父亲看出了杨丰心头的疑惑，说,你哥哥杨兵是领养的。那时候,我和你妈妈刚结婚,看到了被人遗弃的杨兵,我们看他可怜,就把他带了回去。过了三年,我们生下了你。杨丰有些惊诧,说,我是你们亲生的? 父亲说,是。因为你哥哥智障,所以我们可能照顾他多一点,把你冷落了。杨丰点着头,他已经原谅了爸妈。

手术很成功,躺在病床上刚刚苏醒的杨兵,脸上带着微笑,说,弟弟,弟弟,其实我很勇敢的。

想着杨兵毫不犹豫推开自己那一幕,不知怎么地,杨丰哽咽着,不由自主叫了声,哥——

叫你一声哥

那天下午,我在家里忙着整理东西。手机就响了,是一个年轻女孩的声音,哥,你在干吗? 我说,在理东西呢,有事吗? 女孩说,哦,那你先忙吧。电话就挂了。我是有几个堂妹表妹的,事后,又想不起到底是哪个妹妹给我打的电话。因为好奇吧,我摁开了手机,去看刚才那个拨来的电话号码。那是一个陌生号码。我那几个妹妹的号码,都是储存在手机里的。毫无疑问,女孩是打错电话了。

又一天,我在单位忙得正是焦头烂额呢,电话又响了,我说,谁啊? 口气多少有些不善。是一个年轻女孩怯怯的声音,说,哥,是我。好像就是前几天打错电话的女孩。我想说你打错了,但话到嘴边,我还是说了句,哦,有事吗? 女孩说,哥,我碰到了一个烦闷的事儿,能和你说说吗？我手上还有一堆要忙得活儿,也不知道那天的我是怎么了。我居然对女孩说,行,你说吧。女孩就开始滔滔不绝地和我说她近段日子的不顺,说她被上司的责罚,和男朋友之间的吵架等等。我很耐心地听着,在她说话的间隙,我还以自己的方式予以开导,给予一定的建设性意见。这一聊,足足有一个多小时。临挂时,女孩的心情舒畅了许多,说,谢谢你,哥。我笑了,说,谢什么谢啊。因为那天的电话,我在单位晚下班了一个多小时,但不同于以往的加班,我的心情愉悦了许多。

以后的若干次,女孩都会打电话给我,跟我说她生活中的苦闷,包括让她兴奋的事儿。譬如是她的男朋友,向他认错了。她不肯原谅他,男朋友就站在她住的楼下不走,还去她的公司,给她送鲜花,众目睽睽之下给她许下承诺,让她很有面子。还有就是她的工作,因为她的努力,多少取得了一些成就,还得到了公司老总的亲口表扬,让她很有满足感……

我很为女孩高兴。那段日子,我和女朋友的关系,也有了很大的改观。我的心情,也是因为爱情的滋润,而变得轻松了许多。我甚至会在许多场合,一个人站在那里偷偷地发笑。忙碌的工作,也不再让我感到无趣,我会觉得有许多的动力,让我有激情好好地做下去。

不过,身边发生的这一切,我并没告诉过女孩。我一直是在静静地聆听,聆听女孩的喜与悲,开心或是忧愁。我怕我说出来,一切就都露馅了,女孩就不再打电话给我了。

不过怕什么,真的是来什么。

女孩说,哥,我们有好长时间没见了,见个面吧。我有些犹豫,要见面,一看她的哥,竟然是她从未见过的一个陌生男人。女孩会不会就会大失所望地离开呢。我极力说忙,还是过段时间再见吧。女孩说,哥,那我来找你吧。我一时无语,咬咬牙,说,行,那就见面吧。

地点,我们约在了一家咖啡店。我去得早,很随意地找了张桌子坐了下来。一会儿,电话响了,一个女孩朝我挥着手机,脸上带着笑,朝我走来,说,哥,你是哥吗?我有些尴尬,总归是我冒充了别人的哥。不过也很奇怪,女孩很自然地在我面前坐下。女孩说,哥,谢谢你。我愣了愣,有些茫然。女孩说,我知道你不是我哥,我也并没有真正的哥,但我一直希望自己能有一个哥。女孩近乎拗口的话,让我猛然明白过来。然后,我也笑了。我和女孩之间的气氛,也变得自然了许多。

接下去就是聊天了。女孩很健谈,聊了她生活中的许多趣事,不时让我有些忍俊不禁。当然,我也和女孩说些关于我生活中的一切,那些高兴的快乐的事儿。我们聊得真的很投缘,可以用相谈甚欢来表达。

临离开时,女孩还是叫了我,哥。我微微一愣,然后轻轻哎了一声。

再一次的见面,女孩带来了男朋友,我也带上了女朋友。还是那家咖啡店。我们聊得很好,女孩的男朋友,看起来是个不错的男孩,也叫着我哥。我有些汗颜,但还是应承了下来。我对着男孩说,这可是我亲妹啊,你可要对她好,知道吗?我可就只有这么一个妹啊。

回家的路上,女朋友问我,好像没听你说过你有亲妹啊,你不是只有表妹和堂妹吗?我没说话,只是笑。

全民微阅读系列

失眠也会传染

比德是一名治疗失眠的医生，他开了一家诊所。

这一天，一个女人带着一个男人进了诊所，在比德的房间坐定后，女人说，我先生，他最近老是失眠。

那位男人眼圈发黑，一脸疲态。看起来，真的是失眠得比较严重。

比德一本正经地说，我想知道，您失眠的原因是什么？或者说，你是不是有什么心事未了，才导致了您的失眠。

男人看了比德一眼，很认真了说了句，其实，我想，我是一名预言家？

比德就笑了，说，那您能预言什么呢？

男人说，比如，两年前的一个晚上，我脑子里突发奇想，在第二天的一早，我住的楼下的马路上，会发生一场重大的车祸，并且还会有一个七岁的男孩丧生。当然，我开始并不以为然。但第二天一早，我在刷牙时，听到了门外的一声巨响，像是撞击发出的声音。我跑到阳台上，果真就看到了几辆车，撞在了一起。一会儿，警车来了，救护车也来了。我看到有一个七八岁的男孩，被从撞得支离破碎的汽车里抬出来，直接就被盖上了白布……

比德听到有些讶然，说，这是真的吗？

男人摇摇头，说，我知道你不信，其实连我自己也不信。但这个事情，就是那么神奇。我的这种预言的突然来临，一般是一年一次。

男人接着说,也就是一年前的一个晚上,我脑子里又一次的突发奇想。我上班的公司对面楼下的那家银行,会在第二天的下午遭遇劫匪的抢劫。那个我常见的漂亮女出纳,会在那次抢劫中被劫匪打死。虽然有了上次的偶尔,但我还是不敢相信。而且,即便我信了,警察会相信吗?但容不得我多去考虑这个事儿,第二天的下午,我在楼上上着班。真的就听到了来自对面银行的枪声,警车很快就把银行围住了。但是。真的是很遗憾,劫匪在负隅顽抗中被击毙了,漂亮的女出纳也被劫匪打死了……

比德听着,像是在听一个曲折的故事一般,他现在已经不再是惊讶了。

比德看了眼坐在一旁的女人,使了个眼色。

比德就走了出去。一会儿,女人出来了。

比德忧心忡忡地看了女人一眼,说,我觉得,你男人,可能不是为了别的而失眠。我怀疑,他有妄想症。如果他的妄想症能治好,那我想,他的失眠也就能迎刃而解了。

女人点点头,脸上满是忧愁,说,我想也是的,医生,你能介绍医治妄想症的医生吗?我想带他再去看看。

比德想了想,给女人抄了个电话,是比德的好朋友,波纳医生的电话。比德说,我想,波纳医生可能会帮到你们。

一前一后的,比德和女人走进了房间。

比德是想结束今天的问诊了,但是看起来,男人却是很有兴趣,要把今天的谈话结束掉。

男人说,就在前几天晚上,我再次的突发奇想,我的脑子里居然跳出来一串数字,是一周后彩票中奖的数字。然后,我就变得很兴奋,如果我买了这串数字的彩票,我就能中 500 万的大奖。

我就在想,有了这500万,我该做什么,买车?买房?或者是买许多好吃的好穿的好用的东西。我就一直在纠结着这个事儿,我太兴奋了,我觉得我兴奋得就快要疯了。所以,我就失眠了,我怕我一睡着就错过了开奖的时间……

男人边说,边问比德,医生,我能把那串数字,请您记录下来吗?

比德有些不情愿,他原本就已经想把这个男人打发走了。但男人誓不罢休的表情,又让他不得不拿起了手中的笔。

比德说,你说吧。

男人就一字一句地报出了那串数字,比德随手把他们记在了一张处方笺上。

男人告辞时,朝比德说了一句,今天晚上,就是彩票开奖的时间,到时您可以看看电视。

下班时,比德经过了家门口的一家彩票销售点,那里人头攒动,有不少人在那里热火朝天地买着彩票。

比德想到了那个男人说的那串中奖数字,比德想了想,莫名其妙地对着彩票点笑了笑,就回家了。

晚上,比德坐在沙发前,翻弄着一本小说书,电视机前,不知不觉就跳出了彩票开奖的现场实播。

当一个数字报出来时,比德也没当回事儿,当后面的几个数字都报出来时,比德的心头猛地一惊。他想起来,他把那张写了数字的处方笺塞进了包里。

从包里拿出那张处方笺,再对照电视机里开奖的那串数字。

比德惊呆了,彻底惊呆了。

500万,真的是500万哪。

第二天,当护士打开比德的房间时,吓了一跳。比德呆若木鸡地枯坐在里面的椅子上，面色苍白，眼圈发黑。

护士着急地说，医生，您，您这是怎么了？

比德苦笑道，我，我，我失眠了。

走来走去的羊

朋友在一家保险公司上班，看我一天到晚的无所事事，说，要不你来我们公司，正好最近在招人，你就跟着我一起卖保险吧。上次，因为有事找朋友，我去过他们公司，很紧张难耐的一种氛围。我犹豫，说，算了吧，你又不是不知道，我不喜欢做保险。朋友叹一口气，说，好吧。

过了一段时间，我依然无所事事。朋友挺热心，又找上我，说，你不会一直想这么闲下去吧？我说，哪能呢。朋友说，还是跟着我去卖保险吧？我还在犹豫，说，你确定我卖保险行吗？朋友说，当然行了。朋友想了想，说，要不明天你跟着我一起去卖保险吧，让你实地学习一下。我点点头，说，好。

第二天一早，还在熟睡中的我，就被朋友给吵醒了。朋友似乎预料到电话是吵不醒我的，居然上门来敲我的门，将门敲得砰砰直响。我睡眼蒙眬地去开了门。开门时，我看了看表，刚过7点。我瞪了朋友一眼，说，你卖保险，也不用这么早吧？朋友说，当然，卖保险就是要趁早，晚了都被别人给抢完了。

朋友拖着我，上了一家茶楼。我跟在朋友身后，打着哈欠走了进去。朋友径直走向一个男人的座儿。那个男人，大概有50

多岁,朋友就在男人对面坐了下来,我就坐在朋友身旁。朋友笑着给我介绍,这是我叔叔,是我爸的战友。又给男人介绍,说我是朋友最好的朋友,就像他跟朋友父亲的关系一样,特别的铁。我就看到男人的脸上,写满了义气。

接着,朋友说,我爸让我向您问好。男人笑笑,说,谢谢,也代我问好你爸。朋友又说,不知您现在身体如何? 男人感慨地说,人老了,岁月催人老啊! 朋友还说,那您要多多注意休息啊。男人点着头,说,是,是。正聊着呢,忽然朋友像是想起了什么,动作稍许有些夸张的一拍手,说,对了,叔叔,我知道有一个健康保险,可能对您会有保障。男人说,是吗? 朋友说,是,是。朋友边说边从鼓囊囊的包里,掏出一份保险合同。朋友很认真地说,要不您给看看,希望能帮到您。男人很郑重地接过,说,好,我一定好好看看。临走,朋友还有些不舍地拉住男人的手,说,叔叔,您保重吧,有空就来我家玩啊,我爸可一直很怀念以前和您一起的日子。看起来,男人似乎已经被感动了,连眼眶都有些红了。

出了茶楼,朋友拿出一份名单,用笔在上面一勾,说,好了,一头羊又给搞定了! 我一愣,说,羊? 什么羊? 朋友没说话,只是意味深长地朝我笑。我渐有些恍然,那男人不会就是他的羊吧?!

下午,朋友拉着我,又说去健身房。我说,你去健身我就不去了吧。朋友说,是谈保险,你干吗不去啊? 我有些发愣,说,健身房也能谈保险吗? 朋友没回答我,还是笑。

在健身房,我见到了朋友所说的客户,一个20多岁的女孩。朋友笑着给我介绍,我表妹。我一愣,表妹? 朋友的表妹只有一个,而且我也见过,不是眼前的这个女孩。在我发愣的时候,朋友和女孩,同时都笑了。朋友笑笑,说,其实他表哥你认识,就是大毛。大毛? 我的脑海里跳出一个人的影子,大毛是和我从小玩到大的。我说,你好。女孩朝我笑笑,你好。

朋友说,别瞎聊了,还是进入主题吧。朋友面对着女孩,说,上次我和你提过的那份保险,我觉得对你挺有益的。像你现在没工作,能有个男人给你买点保险,本身,这保险比那男人,可更有保障多了。女孩笑笑,没说话,似乎还在犹豫。朋友继续推波助澜,说,你看,他和你哥从小一起长大。朋友手指着我,又指着他自己,说,我也是你哥的朋友,你说,我们会害你吗?你是我们哥们的亲表妹啊!朋友特地把那亲表妹的字眼说得特别掷地有声。看得出来,朋友的这番话,让女孩有所动心了。女孩咬了咬牙,说,要不,我晚上给你电话吧!朋友说,好。临别,朋友又多说了一句,永远记住,男人是靠不住的。

出了健身房,我又看到朋友摸出了那份名单,又是用笔一勾。我说,一头羊又被你搞定了?朋友一笑,赞一声,聪明!

隔了三天,朋友来接我,说他和公司老总谈妥了,我可以直接去上班了。去的路上,我问朋友,那两个保险解决了吗?朋友笑了,说,合同签好,钱已到账,羊入虎口!

到了公司,我意外地发现,朋友格子间办公桌旁的那些同事,都换了一批人。一个也不认识了。我问朋友,那些人呢?朋友说,他们把羊吃完了,自然就走了。

正说着,朋友的座机响了,朋友接了电话,很恭敬地点着头,说,好,好。挂了电话,朋友说,老总要见你,走吧。

朋友带着我,进了一间富丽堂皇、宽敞明亮的大办公室。这可比朋友他们狭小的格子间舒畅多了。一个胖胖的男人,看见我们进来,也没太大反应。倒是朋友,拉着我,走到了那个男人跟前,说,刘总,这就是我跟您说的,小王。刘总点点头,朝我看了一眼,说,哦,小王啊,好好干啊。刘总说话时,嘴张得大大的,真像

一个有预感的男人

是血盆大口一般。

我的眼前，莫名地就跳出了一个画面，那些个原本很壮实的羊，一个一个地被他慢慢榨干并且吞噬了……

刘 四 梦 狗

刘四做梦都想成为一条狗。

在刘四家，他是完全没有地位的，而狗就不同了，狗的地位是无比崇高的，像皇帝一样，仅次于太上皇——老婆了。

譬如刘四他们上街，狗总是走在最前面，老婆走在中间，而刘四，就像个随从似的，灰溜溜地跟在最后。路上碰到相熟的人，总是先和狗打着招呼，喜芝，你好啊。喜芝是狗的名字，老婆给取的。狗就会很温顺地朝人点点头，算是回应。又或者，是和老婆打着招呼，去遛狗啊。老婆点点头，会说，是啊，今天天气还挺不错的。从来就没人主动和刘四说话，像是没见他人一般。每每听到别人说遛狗的说法，刘四心头总觉怪怪的，前面是条狗，中间是个人，那走在最后的自己是遛狗的人还是被人遛的狗呢？

再譬如进超市，老婆一准先跑到卖狗粮的货柜处。那些袋装的狗粮看起来还真挺诱人的，连狗都抵制不了诱惑，蹲在货柜下一个劲地朝着那里叫。老婆就一脸的喜洋洋，说，喜芝，妈妈知道你是要吃，对吗？说完，老婆很大方地就拿了两大袋狗粮往推车上放。刘四瞪大了眼，说，老婆，干吗买这么多，这东西很贵的，买个小袋的就够了。老婆说，瞧你这个小气样。老婆根本不听刘四的。接下去当然是买老婆的东西,那自然不在话下了。最后轮到刘四想买的酸奶,刘四拿了一长盒,大概有十小杯的样儿,也不贵,价钱还不如半袋的狗粮。谁料,老婆瞥了一眼价格,二话没说就拆开了那个长盒,从中拿了两小杯。老婆说,狗两袋,你两杯,差不多。刘四看着,真想哭啊。

刘四晚上睡觉,就做起了梦。

刘四梦见自己真成了一条狗。老婆喊着自己的名字,喜芝,过来。刘四蹦蹦跳跳地就过去了,老婆从狗粮袋里挖出了一汤勺狗粮,刘四以为自己会拒绝,但竟然很高兴,还叫唤了一下。一会,老婆又摸出一件给狗穿的毛衣,是老婆亲手织的,唤了一声,喜芝。刘四就蹦蹦跳跳地跑了过去,老婆很小心地给刘四穿上,还真合身啊。老婆给刘四穿的时候,那温柔,那细致,刘四可是好久没体验到了。好像,对,好像是刚结婚的时候,老婆有过这样……

然后刘四就醒了,醒来后的刘四觉得好满足。看了看表,快到上班时间了,刘四洗脸刷牙,桌上摆着一碗稀粥,还有几根萝卜干,是老婆给他做的早餐。桌子底下,狗正欢喜地啃着骨头,满满的一大盆,好丰富。

刘四看着,心里又不平衡了。

那一个晚上,刘四又做梦了,梦见自己又成了那条狗。老婆带着自己去了乡下,老婆在乡下有许多的亲戚朋友。刘四有过几次想陪老婆一起去,老婆都不肯带他。那里的天是蓝的,水是清澈的,连空气都异常的清新。在吃饭的时候,老婆扔给刘四好多的骨头,刘四以为自己是不会啃骨头的,骨头到了嘴边,竟不自觉地用力咬了起来,别说,还真有味道。刘四明白了,自己真成狗了,当然狗爱吃的东西也就自然而然地习惯了。刘四还看到了桌底下那条漂亮而又可爱的小母狗,刘四在看小母狗的第一眼,想到了一见钟情那四个字……

接下来的梦,真的像是恋爱了。

趁着老婆不注意,刘四带着小母狗一起走了出去。外面真是阳光灿烂,刘四和小母狗一前一后,在乡村小路上悠闲地漫步。刘四边走边用狗语说着话,当然是那些暖人心窝的情话了,直说得小母狗是怦然心动,连一张粉嫩的狗脸都红了。也不知走了多久,刘四突然觉得眼前一黑。清醒过来时,刘四的眼前就多了几个男人,他们把自己和小母狗给抓了起来,并且是绑得严严实实的。刘四听到其中一个男人的声音,说,好久没吃到狗肉了,今天老子可以开开荤了。然后,刘四就听到了小母狗的惨叫声,再然后,一个男人拿着刀,刀上还沾着小母狗还未干透的血迹,朝着自己走来。刘四奋力挣扎着,但似乎无济于事……

刘四是惊叫着醒的。醒过来的刘四是满头大汗,老婆也醒了,是被刘四的惊叫声吵醒的。老婆瞪了刘四一眼,很不满地说,半夜三更地瞎叫什么。刘四张张嘴,猛地就叫出了声,汪汪。

张 山 杀 狗

在乡下,张山杀狗是出了名的。

张山杀狗,也很简单,先逗狗,和狗混熟了。然后趁狗不注意,用早已打好的死结绳子,套在狗的脖颈,然后将狗吊在一棵粗壮的树上,生生地将它吊死了。

全民微阅读系列

都说，杀生这事，不祥啊。

张山不信这个。张山说，只要有钱，怕啥！那几年，因为杀狗，张山没少赚钱，每每数着一张张火红的百元大钞，张山就莫名地兴奋。

不过，也怪哦，张山也二十三岁了，愣是没女人能看上。农村的男人女人，结婚都早。张山不急。张山的老爹老妈倒是真急了，催促着说，你就不能上点心找个媳妇成个家啊。张山说，爸妈，你们急啥呢，我这不也就 20 来岁嘛。张山的爹说，我在你这个年纪的时候，你都已经叫我爹了。张山真是又好气又好笑，说，好，好，我结婚还不行吗？

说找还真找了，张山托人介绍了几个女人。开始，女人们听说张山有钱，还真动了心。可再一听，说张山是杀狗的，就开始打起退堂鼓，都说，杀狗的不吉利。然后，一个一个地都吹了。张山也不急，继续托人找，找到一个女人，挺温顺的。女人说，我们谈可以，但你要答应我，以后就不要杀狗了。张山心头一沉，想了想，就点了点头。

还别说，张山真还没再杀狗。张山和女人谈得也很顺利，很快就结了婚，并且有了孩子。

一天，张山的朋友刘勇跑了来，说是有事请他帮忙。张山在房间正陪着女人，问，什么事？刘勇有些欲言又止的样子。张山就对女人说，我出去一下。女人捂着鼓起的肚子，点点头，说，好。

张山跟着刘勇去了他的住处。到了那里，张山说，什么事？刘勇说，兄弟，帮我杀一条狗吧。张山摇头，说，不行不行，我答应过老婆，不再杀狗了。刘勇给张山点了支烟，又给自己点了一根。刘勇吸了一口，吐出了一个烟圈。刘勇说，兄弟，是这样，这次是一个老板，他家的周围不知怎地来了条野狗，时时叫唤扰他不能安歇。所以他出了大价钱，我看过那狗，那体形那身板，我一个人弄不下来……刘勇又说，兄弟啊，哥这么多年没求过你，也是第一次求你，我要拿了钱，一定分你一半，你看弟妹生孩子，也要买营养品不是……

张山被刘勇说得还真有些动了心。自从和女人认识到结婚，这一两年，张山没再杀过狗，手真还有些痒痒了。

张山说，行，这次我可以帮你，但没有下一次了，好吗？刘勇就笑了，说，行行，一定没下回了。

陪着刘勇，张山一起去了那里。一条看上去挺凶猛的野狗，正在门口的大路上走来走去。刘勇说，就是这狗。张山点点头，这狗，一个人弄还真搞不定的。刘勇先是扔出去几块准备好的肉，那狗闻到肉味，忙就跑了上去，三口两口吃完。尝到了甜头，那狗开始朝着刘勇叫唤开了。刘勇笑笑，又掏出了几块肉，这次狗不再像刚才那样急吼吼的了，先是看了刘勇一眼，然后才低下头开始吃那肉。刘勇看到这，忙朝张山使了眼色。说时迟那时快，张山一个箭步跑了上去，把打好的死结绳索猛地往狗脖子里一套，就着旁侧一棵粗壮的树，把狗给吊了起来。狗颤抖着，叫唤着，朝着张山，似乎和以往吊着的狗的表情有所不同。

张山细细看着，就看到了那狗隆起的肚子。不好，这不会是条怀着狗崽的狗吧。张山的心头一紧，说，刘勇，不对啊，这狗怀着狗崽呢。刘勇也看到了，说，没事，没事，怀了就怀了吧。张山看到了狗红红的眼，又说，不行，不行，咱把它放下来吧。刘勇瞪张山一眼，说，兄弟，你咋变得这么娘们了呢，吊都吊了，再放下来，弄不好狗缓过劲就要扑来咬我们。张山苦笑，说，好吧，好吧。莫名地，张山闭上了眼睛。

从那天后，张山经常都会做噩梦，梦见那只狗，红着眼看自己。然后,张山醒来,是满头大汗。

三个月后,张山的女人生孩子。难产,大人孩子都没保住。

张山听到消息,霎时就疯了!

一个有预感的男人

都说女人有第六感,不知道男人有没有。反正李皮是有。不知从哪天起,李皮发觉自己像是变了一个人,总会不由自主地有莫名其妙的预感跳出来。比如好端端地坐在办公室里,脑子里就跳出一个预感,家里好像是着火了。李皮赶紧打电话给待在家里的母亲,母亲接过电话,说,没有啊。再比如,李皮走在大街上时,又突然有了个预感,想到不远处的一条马路,一会有几个人在打架。可真正走过去,那里又都很平静,不时有人走过,没有任何打架的迹象。

当然,也不是每一个预感都是失灵的。有好几次,发生的事儿,都应验了。因而,这些预感,总莫名其妙地困扰着李皮。

眼瞅着到了谈婚论嫁的年纪,李皮依然是单身一人。他倒不急,大丈夫何患无妻。他爸妈就急了,求着七大姑八大姨的,帮他张罗着到处相亲,逼着他去见女孩。

见的第一个女孩,一开始谈得挺好。坐在有着异国情调的咖啡馆里,美美地品着咖啡,李皮和女孩子聊着天,不时瞅着窗外的美景,倒也是其乐融融的。

马路一侧有一辆车,突然和另一辆车给撞上了。李皮的脑子里,突然又跳出了一个预感,接下去,还会有一辆卡车,为了避让那两辆撞在一起的车子,朝着咖啡馆的方向驶来,并且是会刹车失灵。李皮一想到这,心就慌了,赶紧对女孩说,我们走吧。女孩不明白,咖啡刚喝了两口,好端端地,干吗要走呢?李皮只好把他脑子里跳出来的预感说了,女孩半信半疑地跟着李皮走了出去。他们甚至还告诉咖啡馆的老板,接下去要发生的这个事故。老板不信,但看李皮一脸认真的神情,又不能不信,顾不得收钱,只好让里面的客人赶紧走。大家一起跑到了咖啡馆的对面,等待着那辆卡车的来临。

但事实上大家的脖子都伸直了,卡车都没有来。这绝对是一个调皮的恶作剧。那个中年老板娘当场就对李皮发了飙,说你这个人怎么这样,你是不是吃饱了没事干!李皮低着头认错,好不容易解释完,却发现女孩早已无影无踪了。

见第二个女孩时,李皮特意做了些准备。这次,谈得比第一次还要顺利。李皮陪着女孩吃了顿饭,就一起进了电影院。

电影放到一半时,柔情似水的女孩就坐在身旁,李皮心头的预感,又跳了出来。一会,这个城市会发生一场地震!虽然这个预感未必能成真,但又怎么保证这不是真的呢。李皮犹豫片刻,还是决定带女孩离开。毕竟,如果真的地震来了,在这影院里待着,绝对是凶多吉少的。

想到这,李皮赶紧对着女孩耳语,说,咱们快走吧。女孩同样不明白。李皮边拉着女孩走,边给她解释,我是有预感的,一向都很准。女孩陪着李皮来到了一个空旷的地方,那里是最安全的。在那站了好久,都没有任何动静。许多围观的人,像是在看小丑一样地看着他俩。不知何时,女孩也不见了。

第三个女孩来时,李皮再三告诉自己,再有什么预感,也不去当真了。女孩比前两个都漂亮，一笑百媚生。这次，李皮把女孩带去了公园。因为家里没人带孩子，女孩把她姐姐的一个十来岁的儿子也带了过来。不远处，是一条河。

李皮看着那里，脑子里又有了个预感，这个孩子，接下去会掉下河。河水并不深，但在这寒冷的冬季，也够受的。按理说，孩子离那河是有些距离的，应该不太可能到河边的。而且，这么大的孩子，也不会那么容易掉下河啊。李皮看了女孩一眼，他本来是想说出自己的预感的，但想到了以前失败的那两次，他忽然就不敢了。然后，孩子果真就掉进了河，女孩发现了，李皮也发现了，他被自己的预感惊呆了，都忘了去救孩子。女孩为李皮的无动于衷而吃惊，瞪了李皮一眼，就跳下了河……

三个女孩都告吹了。李皮有些懊恼，又有些沮丧，他甚至在想，为什么上帝要对自己如此的不公呢。

一个人躺在床上，闷着头睡了一天一夜，醒来后，李皮的脑子里，又跳出了一个预感。下一期开的彩票，获大奖的一串数字。

李皮开始没在意。后来一想，反正也花不了几个钱，要不，就去试试？

洗脸、刷牙，又到外面找了个餐馆，美美地吃了一顿。最后，摸着饱饱的肚子，李皮站在了彩票点，要了那串数字的彩票。

开奖结果出来了，李皮在电视机前，看得真是目瞪口呆，特等奖，五千多万哪！即便是去掉20%的税，也还有四千多万！

李皮中大奖的事，不知怎么地就被传了出去。

然后，就有李皮见过的第一、第二、第三个女孩，找上了门，哭着喊着说要嫁给他。

新　　闻

　　小刘研究生刚毕业,兴致高昂地就进了一家报社。小刘做的是记者的活儿,以为读了近七八年的新闻,做个记者还不就是手到擒来的事儿。

　　到了报社,跟着部门主任跑了一段。写出来的新闻稿,却总是被退回来。主任的评语是:没有新闻热点,不够吸引人,乏味,没有独特的新闻价值。

　　小刘很委屈。他不明白怎么就没有新闻价值了。譬如他采访的小区居民自掏腰包,为小区种树的事。他就觉得很有新闻价值嘛,一个平凡而普通的居民能自己出钱,为小区绿化做贡献,多么具有典型性和独特性啊。

　　但新闻稿送上去,没十分钟,就被主任给退了回来。小刘争辩,说,为什么就不能采用呢?主任笑了,说,你觉得这样的新闻独特吗?我告诉你,我们至少已经发现了有十几个这样的居民,在自己的小区里掏钱种树了。你觉得,这还算是独特性,还有新闻价值吗?

　　小刘蒙了,半天说不出话来。

　　后一次,小刘辛辛苦苦,又跑到了一份新闻稿。稿子写的是一个老人,自己都吃不饱穿不暖,却默默地照料着一群流浪狗。喂它们吃的,又给它们搭建狗窝,不惜余力地照顾着它们。这一坚持,就是5年多。

小刘把稿子递了上去。10 分钟, 20 分钟,小刘以为这次应该没问题了,一小时后,主任的电话来了,让小刘去一趟。小刘进了办公室,主任就递给他一份报纸。小刘有些纳闷,翻开报纸时,就愣住了,也是一则新闻。一个人收养了十几条流浪狗,数年如一日的新闻。再看日期,是去年的。

小刘以为主任会责骂自己几句,主任却笑了,说,小刘,其实你这次关于狗的新闻稿,还是不错的。不过呢,就着你写狗的话题,我提一点吧。你觉得狗咬人的新闻,吸引人吗? 可以被采用吗?

小刘听着,不是很明白,想点头,想了想,又摇了摇头。他脸上写满了惶惑。

主任又笑了,说,我再提两点吧,第一,为什么你之前的新闻稿,要么是没新意,要么就是太简单;第二,为什么你偶然能写出感觉好的新闻稿,别人都已经发过类似的呢? 道理很简单,你要懂得发现,发现生活中、社会上的独特性,去想,去做别人想不到采访不到的新闻稿,这样你就成功了。

小刘听着,似乎越听越迷糊。

主任说,打个比方来说,狗咬人的新闻,太过于稀疏平常,写出来受欢迎度也不高,还容易撞车;那我们不妨就换个思路,比如是人咬狗的新闻,你听过吗?

小刘摇头,说,这倒没有。

主任说,那就对了。你就去采写类似人咬狗的新闻。那样的稿子,就绝对能用了。小刘是真的明白了。人咬狗,对,就是人咬狗,多好的创意和想法啊。

第二天一早,小刘去报社报完到,就精神抖擞地上了街,去找他眼中人咬狗的新闻。折腾了一整天,接触到的几个所谓的新闻,小刘都不是很满意。小刘不气馁,想到还有第二天呢。

可就这么一周下来,小刘一个像样的新闻都没找到,就连素来很有耐心的主任,看到小刘都摇了头,甚至还说了句,小刘,做记者是要努力的,是要有发现力的,可能你真的是不适合做记者吧。

压力真的是很大。

炎热的阳光下,跑了半天的小刘,头晕晕的,脑子里回荡着的,反复都是主任说过的话:我们要的是人咬狗的新闻。

不远处,正有一条黑狗,边晒着太阳,边吐着舌头,一副满是疲惫的神情。

新闻,是要努力,更要有发现力。或者说,我们是不是还可以有创造力呢? 想了想,看着那条狗,小刘眼前不由一亮,然后就朝着狗走去。

第二天,和小刘有关的新闻,果然就上了报纸。还是社会新闻版的头条。新闻的大标题是:人咬狗,看谁咬得过谁?

不过,新闻稿不是小刘采写的。

小刘因为当时不顾一切地上去咬狗,疯了一样地和狗厮打在了一起。最后,小刘被狗咬伤了,还被关进了精神病院接受治疗。

艺术化回复

小刘大学毕业,被安排进小城的一家杂志社,做文学编辑。别看就是简单的审稿,编稿的活儿,小刘做了一段时间,却还得罪了一些作者。有一次,一个上了年纪的老作者还闹上了门,搞得还挺尴尬的。小刘就很不理解,旁边办公桌的大李,做得也是编辑的活儿,看着却很稳当啊。

下班后,小刘就拍拍大李的肩,说,李哥,一起出去吃个饭吧?大李看了一眼小刘,笑了笑,说,好。到了一家酒店,酒菜刚上齐,小刘还没开口呢。大李就说了,其实啊,做文学编辑,并不很难……小刘眨着眼,很认真地听着。大李继续说,比如我们审稿,你能告诉我怎么审的吗?小刘点点头,说,如果是适合的稿子,我会留下送审;如果是不适合的稿子,就直接给退了。大李说,这就是问题。小刘苦笑,说,那怎么审啊?大李说,你可以这样,不适合的稿子,你也可以给他们回复,送审。当然,你是可以不送的。过一段日子,他们如果问起你,你就说还没出结果,再过一段日子,你再有些遗憾地告诉他们,没过终审,可以另投了。小刘一愣,说,这不是欺骗他们吗?而且,还耽误他们另投……大李笑笑,说,你不懂,这是艺术化回复。你先试试看吧。

小刘半信半疑。那个难缠的老作者又来投稿,小刘试着用了这招。还别说,这招真有用。一段日子后,当小刘满是歉意在电话里和他一说,老作者居然很表示理解,说,这不能怪小刘。老作者还说,他会再接再厉,继续努力的。挂了电话,小刘轻轻擦掉了额头的汗。

之后,小刘真用上了这招,那些以前挺不好处理的作者们,都一下子表现得极为温和,再有稿子上不了,都说,这些不能怪小刘,他已经是尽力了。

那一天,小城来了个文化名人,名声挺大的那种。小刘被杂志社安排去采访名人,还准备为他开几个专版。为了能不辱使命,小刘一早8点就去了那里。负责安排的一位服务人员将小刘领到一间大休息室,说,名人暂时没有时间,麻烦您等一会。小刘点点头,就在那里坐了下来。那里已经坐了几个报刊社的编辑记者了,并且随着时间的推移,来的人越来越多。大家一个个地安静地坐在那里,等着能采访到名人。可这一等,一直就等到了大中午,小刘吃得早,肚子早就饿得咕咕叫了。小刘赶紧去问服务人员,那个男人彬彬有礼地告诉他,对不起,名人还在忙。小刘说,那大概还要多久呢?小刘的想法,是如果时间长了,他就先去吃饭了。那个服务人员看了小刘一眼,说,对不起,我也不知道。小刘苦笑着坐在那里,想去吃,却又怕错过了采访。小刘一直坐到饿过了头,肚子已经不饿了的四点钟。

然后,门就开了,还是那个服务人员,满是歉意地看着房间里的记者们,说,对不起各位,名人今天的日程实在太满了,一会儿,他就要直奔机场了。抱歉,今年你们不能采访到他了。小刘随着其他记者一起站了起来,大家都是一脸懊恼失望的表情,但谁也没有别的什么异议。人家名人确实是忙,这又有什么办法呢!小刘站起了身,摇摇晃晃地走了出去。

走出那里很远,小刘才恍惚想起,好像是把一个笔记本忘在了休息室里。小刘原路返回,快到休息室时,小刘看到门虚掩着,隐约能听见两个人的声音。"您不是说,名人今天肯定没空吗?为什么要让那些编辑记者白等了一天呢。"是一个人的问话。"这要知道,这些人,是不可以轻易得罪的……"是另一个人的回答。"那这样,行吗?"一个人小心翼翼地问。"当然了,这叫艺术化回复,懂吗?"另一个人满怀自信的回答。

"滚你妈的艺术化回复!"小刘听着,心头猛地冒出了一团无名火,一把推开了门。眼前的两个人,其中一个就是刚才的服务人员,一脸的惊讶,还有慌张。小刘狠狠地瞪视了他们一眼,一把拿起了遗忘的笔记本。走出门时,小刘把门关得山一般的响!

生　意

商业街上,水果摊一字排开,刘美霞不摆前不摆后,只摆在中间。中间会是生意最差的。一边的人来买水果,从一边的头上买完就走了;另一边的人来买水果,从另一边的头上买完也走了。上午,我去了朋友刘美霞摆的摊位。说了我的疑问,刘美霞笑了,说,中间便宜啊。我又问,那有生意吗?当然有啊。刘美霞说。

果然。在我们聊天的时候,还真有一个人上来,只看水果外观,不问价格,直接上来就拿马甲袋,马甲袋塞得满满的,就往电子秤上放。然后,付钱,走人。

我说,熟客吗?刘美霞点头,说,是。一会儿,又有人过来,也不问价格,直接就拿来上秤、付钱。你哪来的那么多熟客啊?我又问。刘美霞看我一眼,这次,她没回答我。

当然,也有生客来。是个中年女人,一看就是很挑剔的那种。是从一边的水果摊气呼呼地过来的,好像是价格没谈拢,上来就指着一种国产的橙子问,这什么价格?刘美霞说了个价格。女人又问了另一种进口橙子的价格,刘美霞也说了。女人又问,为什么同样是橙子,价格会这么大呢?刘美霞说,一个是国产的,一个进口的,口感不一样的。女人说,那我拿几个国产的吧,能不能给我搭一个进口的,我如果觉得好吃,下回就来买进口的。我以为刘美霞会拒绝,她却说,行,你拿吧。女人就挑了个最大的进口橙子,放在几个国产橙子中间。上秤,付钱,然后走人。

看着女人走远，我说，这样的人不多吧？刘美霞说，总有一些吧。我说，那你这样不亏吗？刘美霞说，没事，薄利多销吧。我愕然。

说话间，又有一个男人上来了，农民工打扮的，显得有点畏首畏尾的样子。男人问了几种水果，看着就不像是个有钱的主儿。估计多半是一边的摊主嫌烦，不愿搭理的。刘美霞倒是不厌其烦，一一对他说明。男人看了好久，不时还搓着手，看得出男人心里的犹豫。半天，男人拿了个马甲袋，小心翼翼地挑了四五个苹果，又挑了两个火龙果，上秤。男人掏钱，数了数，又数了数，看起来，钱不够。刘美霞说，缺多少？男人低了头，说了个数。又说，要不，下回我给您送来。刘美霞看了男人一眼，说，行，你拿走吧。

男人走了。我看了他背影老半天，也没看出来这个人下回会来还钱。多半是干完这里的活，又跑别的地方干活去了。还能来还钱吗？我说。刘美霞说，没事，不还就不还吧。

一上午，来来去去的，来的人倒是不少。看起来，似乎还要比两边的摊位生意要好些。不过，有了那几笔赚不到钱的，估计，刘美霞的利润是高不了的。

下午，又来了个眉清目秀的年轻人，一上来就说，我要买水果，但没带钱，可以下次给吗？我乐了，想，脑子没坏吧？刘美霞居然没拒绝，只是看着年轻人。年轻人说，我来女朋友家，跑到这才发现忘带了钱，回去也来不及了，空手又不能上去……年轻人做着解释。这骗术也太低级了吧。刘美霞动了动嘴，是拒绝吧？谁知，她说，行。年轻人拿了不下一百多块钱的水果。上秤。年轻人拿了张纸，要给刘美霞写张欠条。刘美霞摆摆手，说，不用写了，我信你。

年轻人拎着满满的两手水果走了。我朝刘美霞瞪着眼，说，你疯啦,你一天能赚多少钱啊,有你这样做生意的吗?

刘美霞只是笑笑,不语。

三天后,刘美霞给我拨了个电话,说了三个事儿。

一个是那个中年女人,带了好几个女人,一起来光顾她的水果摊,买了好多水果。

第二个是男人来了,还了钱,也买了一些水果。这次,钱带够了。

第三个是年轻人也来了,带着他的漂亮女朋友,给了三百块钱,扔下钱就走了,追也追不上。

还有,她的生意越来越好,快忙不过来了。

余　　地

一条长长的商业街上,杨一开了家水果店,李木也开了家水果店,相隔如此之近的店面,连进货渠道都是一样的。大小进货商送来水果清单,经过一番讨价还价,各式各样的水果被摆上了摊头。

也许是各人的还价方式的不同,杨一喜欢把价格压到很低,苦苦地和进货商进行着"肉搏战";而李木谈论价格时,倒并不是"杀"得很过分,多少总留一点余地。

进货。卖出。一切都是那样的按部就班。

四川产的橘子查出问题,继而影响到了全国的橘子的销售。那些个进货商送来的橘子,当然是没有问题了。送到杨一处,杨一一开始就拒绝，说，不要。进货商苦苦哀求，说，老杨，就算是帮个忙吧。杨一想了好久，说，进货可以，但你们给的价格要公道。进货商说，老杨，你要什么价格？杨一说了个价格，低到令人咂舌。进货商说，老杨，加点吧，你这样的价格，我们卖了也是亏的。杨一笑笑，说，那你们如果不卖，亏得会更大吧。进货商只好点头。

进货商找到李木时，李木出了一个价格，同样让进货商吃惊。很高，进货商还以为自己听错了。李木好像猜出进货商心中所想，说，你们没听错。我报出的这个价格，就是我的进货价，也是我的销售价。进货商还是不信，说，你把销售价都给了我们，那你赚什么呢？李木说，在这橘子上，我就没想过赚钱，平常你们也挺照顾我的，你说，谁没有个难处呢。我又何必"趁火打劫"呢……

事后，杨一听说了这事，暗暗地笑，说，这李木，真够傻的！

也确实，那几年，李木依然是小本经营，看起来也没赚到多少，而杨一，可是卖大发了。差不多的销售额，因为进价的差异。赚的钱自然也不同了。

一个夏天，台风张牙舞爪着袭来，又是风又是雨的，把一大片一大片的果林，都给吹得七倒八歪，把一树树的果子，也给吹得满地都是。

那些个卖梨，卖桃子的进货商，都急于把手上的这些水果出手。他们找到杨一时，杨一开出的价格，让他们摇头。这样的价格，真的是亏得没方向了。进货商苦苦哀求，老杨，你看我们也合作那么几年了，你多少也给加一点吧？杨一笑笑，说，你们也知道，现在这些买水果的人也爱砍价，三砍两砍下，我就没钱赚了，对吧？进货商们看着杨一坚持的表情，知道多说也无益，只好低下了头。

进货商们跑到李木那，李木给了一个价格，确实很公道。而且和杨一报的价格差异很大。进货商们有些疑惑，说，你给我们这个价格，你确定能赚到钱吗？李木笑笑，说，你们做进货的也不容易，而且平时也挺照顾我的。我少赚一点，哪怕在这上面不赚，都没什么问题。目前最主要的，是把你们手上的水果抓紧卖掉，把损失降到最低……进货商连连点头，直夸李木有见地。

　　风水一向都是轮流转的。

　　有一段日子，进货商手上的水果也不多，不多价格自然就上去了。杨一要进货，一听那个价格，被吓着了，说，你们抢钱哪？进货商笑笑，说，你可以选择不进啊。进货商手上的水果不多，他们不愁卖不掉。杨一咬咬牙，说，那就进吧。

　　进货商去了李木处，给的价格，同以往差不多。李木是听说过进价贵的事儿，说，你们确定是这个价格吗？进货商笑笑，说，我们确定。进货商还说，不能只是你做少赚钱的事儿，其实我们也是可以做的嘛。李木明白了，说，谢谢。

　　杨一进了那些水果，因为进价太高，卖出去的价儿自然也贵了。许多买水果的人，一听这个价格，好多都被吓走了。进的水果，多半都没卖掉。

　　李木那里，还是与往日差不多的价格，他没想过要多赚什么钱。那些买水果的人，一瞅价格，好像很合理啊。二话没说，就买了。

　　进货商再上门时，还是很高的价格。杨一摇头，说，不要了，不要了。

　　那一段日子，水果的进价一直居高不下。杨一又不愿自己做亏本生意，苦苦支撑了几个月，就支持不下去了。杨一感觉看不到希望。

一条长长的街上,就留下了李木一家水果店,店里人头攒动,生意看上去还挺好。

月饼回家了

下午,许东拎着一盒精装月饼走进家门时,能感受到客厅里儿子眼中的炙热。

许东心里叹一口气,装作没看见径直就进了厨房。妻子刘美丽正在厨房里忙乎着,今天的菜又是千篇一律的大白菜,还有清炒冬瓜。自从许东和刘美丽双双失业后,家里有一段日子没闻到肉腥味了。

许东拍了拍刘美丽的肩,说,我把月饼买回来了。刘美丽"哦"了一声,转过头问,剩了多少钱?许东摊开手掌,一张纸币和两枚闪着银光的硬币。数了数,三百块钱,还剩一十二块钱。二百八十八,好吉利的月饼的数字。

许东从刘美丽的眼中,看到了苦楚。许东的心头,何尝又不苦呢。这二百八十八,如果留着,可以是全家半个月的伙食费。可现在,这钱变成了月饼。而且,这月饼还要给送出去。

但许东又不得不如此。

眼瞅着快到中秋了。居委会正好要招临时工,许东看过他们的招聘要求,自己都符合。许东也去报了名,可最终能不能去成,许东心里真是没底。虽然是个今天在,明天可能就被辞退的临时工。但有活儿干总比没活儿干强得多吧。许东想着,儿子上学要钱,家里水电煤要钱,吃喝拉撒也要钱,总比整天待在家里坐吃山空强吧。

是刘美丽想起的,说要送月饼。送了月饼,兴许居委主任,就会记住自己,也许在选定用谁时,一点头,自己不就可以进去了。但许东也有疑虑,现在的人哪还瞧得上这小小一盒月饼呢!

有总比没有强吧。许东只好这样安慰自己了。

吃完晚饭,许东去洗了个澡。一会儿,许东就准备去居委主任家走一趟,都打听好了,居委主任就住在小区的最东面。老婆刘美丽收拾着碗筷,就进了厨房。

洗完澡出来时,许东看见八九岁的儿子正坐在沙发前,用笔在月饼盒上写写画画着。也不知是怎么的,许东猛地就冲了过去,拉起儿子就是一巴掌。儿子哭了。许东恶狠狠地瞪着儿子,谁让你碰这月饼的!月饼盒的底部,已被儿子用铅笔画了一个小小的圈儿。妻子刘美丽听到儿子的哭声,从厨房里跑了出来。看到是许东打了儿子,刘美丽没有出声。儿子却似乎不肯善罢甘休,哭着,喊着,说,我要吃月饼,我想吃月饼。半天,许东摸着儿子被打肿的脸,心情变得异常的沉重。

还好那月饼盒上看不出有明显的痕迹。许东还是照着计划去了居委主任家,主任认出了许东是前几天来应聘的人。

主任把许东让进了屋。许东一进屋,就把月饼推给了主任,说,小小意思,不成敬意,请主任您务必收下。主任是个年近五十的男人,很认真地看了许东一眼,说,好,好。

几天后,在居委公布的用人名单上,许东的名字赫然在列。许东一看到自己的名字,乐坏了,赶紧跑回去告诉了刘美丽。刘美丽听到消息,也很高兴。高兴之余,刘美丽忽然说了一句,你说,如果你不送那盒月饼,他们会要你吗?许东想了想,没说话。

临中秋的前一天,快要下班的时候,会计递给许东一张手写的单子,说,一会儿,你去领盒月饼吧。

许东有些意外,想不到自己没来几天,就有月饼发啊。

想到儿子是那么的喜欢吃月饼,许东乐颠颠地就跑去了那处地方。那里的人看了看许东手中的单子,就递给他一盒月饼。那月饼,居然和送主任家的是一种牌子。

许东回到家时,刘美丽正好也在,许东说,赶紧把月饼拆开,一会儿子回来正好弄给他吃。

两个人翻弄着,不觉就翻到了月饼的盒底,那个小小的圈儿。

许东和刘美丽,心里同时一暖。

清 朝 古 碗

李向阳接到任务去乡下采访,村里没招待所,刘主任把他安排在自己家,却被他拒绝了。李向阳指着村口那几间破落的房子,问,我能住那家吗?刘主任有些迟疑,却也没拒绝。他就带着李向阳,敲开了那家人的大门。

开门的是个灰白头发、蓬头垢面的男人。一瞧是刘主任,脸上就堆满了笑,说,是村主任啊,您,您有事吗?刘主任就打官腔地介绍,说,这是老姚。又一指身旁的李向阳,说,这是市里派来的李记者,来我们村进行一些采访工作,要在这里住上半个月。组织上把他安排在你们家住,到时会发一些补助给你。

老姚有些受宠若惊,市里的记者咋会安排到自己家里住呢,村里又不是没好房子。不过，既然村主任都发话了，更何况，还有那补助。老姚点着头，说，村主任，由您安排好了。

其实李向阳也不想住老姚家，那么脏又破的地方，谁愿意去住啊。李向阳是看中了老姚家门口那只喂狗的碗。从小，李向阳的祖上对古董深有研究，而他本人对古玩也有着浓厚的兴趣，有时间就往古玩市场跑。那只碗，若是李向阳没有看错，应出自于康熙年间，它的价值，是不低的。

老姚家也没什么人。老伴死得早，儿子儿媳都去外地打工了，只留下一个上小学的孙女，每天上学放学。

白天，李向阳会去附近的村落走走，看看一望无际的田野，还有辛苦劳作的农民们，他也做一些采访，记录下这里的点点滴滴。

当然，为了确定自己的判断是否无误，看老姚不在家时，李向阳暗暗地拿起手机，就着那只碗，拍下几张照片，悄悄地发给在城里的同学。

李向阳关照他，赶紧去找最权威的专家，鉴别一下这只碗到底有没有市价？

三天后，消息发来了。

结果让李向阳兴奋不已。这是只康熙年间的古碗，据说，目前留在世上的只有两只，一只到了海外，另一只，恐怕就是这个了。如今的市场价，不低于500万人民币。多一个确定，心头就多一份把握了。

李向阳心头暗暗地乐着，当初领导让他来走农村，他还有些心不甘情不愿，看来，这也算是因祸得福了。

打听过这只碗来历后，李向阳就开始想着，怎么才能把这只碗拿下来。

悄悄地带走？那不行。那只狗太凶了，自己只要靠近一点点,就会叫嚣起来。而且自己拿着这碗,是为了卖出去的。要是到时被人发现是偷的,更不好。

怎么办?怎么办?

眼瞅着半个月的时间快结束了,李向阳也没想出一个切实可行的好办法来。李向阳愁啊,总不见得,自己真去偷吧。

恰恰是在那一天,李向阳刚从田间回来,就看到老姚一个人老泪纵横地坐在门口,还有村主任,几个村民,也都围坐在那里,一个个的愁眉不展着。

一问,李向阳也傻眼了。

老姚的儿子,在打工的工地,从楼上掉下来,摔了个半死。工头跑了,眼下儿子躺在那里的医院,没钱就要出院。眼瞅着就命悬一线了。村主任发动大家捐了几千块钱,可这点钱,哪够啊。

李向阳站在那里,说,我出5万吧。

大家以为听错了。真是好人啊!老姚也无比激动,他不敢相信自己的耳朵。老姚说,李记者,我怎么可以拿您这么多的钱啊?

李向阳想了想,说,要不,你把你门口那只喂狗的碗给我吧,这样,你也算没白拿我的。

老姚说,行,行。您拿走便是。

当天晚上,李向阳坐着村里的拖拉机,到了县城,又转车回了市里。第二天的中午,李向阳就回到了村里,带来了他所说的5万块钱。

看着那几大沓崭新的钱,老姚真是乐坏了,说,我儿真有救了!

老姚的孙女,适时地递上了那只狗碗,碗被洗得干干净净。

李向阳拿过碗时,那只一直蹲在那里的狗,突然就不干了。直起了身,朝着李向阳虎视眈眈,这可把他给吓坏了。

倒是那老姚不慌不忙,招呼着孙女,赶紧把阿黄的新碗拿出来。阿黄是狗的名字。

孙女哎了一声,从屋里一下端出了七八个碗,问老姚,爷爷,您说的是哪一只啊?

李向阳看着那七八个碗,有些傻眼了。

那些碗,不正和他手里的碗一模一样啊!

软　肋

是一则诈骗信息。

在 QQ 群里,有人发出一个信息,那人前几日接到一个外地朋友的电话,说是在广州,有困难,务必请打 2000 块钱。那人答应了,刚准备去银行打钱,想想又觉不对。那人就问了别的朋友,要了那个外地朋友的电话。电话打过去后,外地朋友说,我没在广州,我在惠州啊。原来,那是个骗局啊。那人庆幸地打了那个电话,不然这钱,真就打了水漂了。

李木和杨一是同事,也是非常要好的朋友。

是李木先看到了这则信息,然后转给杨一看。

李木对杨一说,还真悬!

杨一看完信息,笑了,说,悬什么悬,那是他笨,这么大个人了,怎么就这么容易上当呢。

李木说,你不会上当吗?

杨一说,当然,我怎么可能上当呢。

巧的是,在他俩聊天后的一个小时,杨一的手机上,就收到了一条短消息,用户您好,您的工行卡刚刚被提取了1600块钱,如有问题,请致电:12345678。

杨一给李木看,说,你看啊,我一看就知道这是一条诈骗短消息了。

李木说,为什么?

杨一说,因为我没有工行卡啊。

李木说,是,还是你聪明,那些骗子真笨,连你有什么卡都不知道。

杨一微微一笑,说,那是。

隔一天,杨一又收到一条短消息,您的信用卡刚刚在商场被消费了1200块钱,若有疑问,可致电:87654321。

杨一又给李木看,说,你看啊,我一看就知道这是一条诈骗短消息了。

李木说,为什么?

杨一说,因为我的信用卡就在身上,我不信别人会拿我的卡去消费。

李木说,为啥不信?

杨一笑笑,说,我就是不信,他们说被消费了,那就被消费吧。我没那么容易受骗上当了。

李木朝杨一跷起了大拇指。

又一天,李木和杨一正聊着天呢,杨一的手机响了,他拿着电话到门外去接,不到一分钟,就慌慌张张地回来了。

李木说,出什么事了吗?

杨一说,刚才那个电话,是我女儿的同学打来的,说我女儿出了车祸,现在医院抢救,急需我汇2万块钱过去。

杨一的女儿,在北京读大学。

李木说,不会是骗子吧?

杨一说,我也想到了。

边和李木说话,杨一边已打了女儿的电话。然后,杨一就听见里面机械般的声音,您所拨打的电话已关机。

杨一的面色有点蒙,想了想,赶紧又打了女儿的辅导员的电话,还好没关机。杨一听到辅导员的声音,面色稍稍镇定了些。但辅导员并没能帮上什么忙,辅导员说,我出差去东北了,要过几天才能回去。杨一女儿目前的情况,她并不知道。

挂了电话,杨一脑子开始晕了。

不会是真的吧?不然怎么这么巧,都撞一起了呢。女儿的电话,从来是不会关的。

然后,杨一的手机,又收到了条短消息,女儿的同学发来的,是一串银行账号的数字,还说,叔叔,请你赶紧吧,不然恐怕来不及了……

杨一咬咬牙,寄吧!钱算什么,要是女儿真等着这钱用,或是女儿因为自己不打钱,有个三长两短的话,以后自己后悔都来不及了。

李木在旁看着,也有些彷徨,不知该帮杨一如何抉择。

跌跌撞撞地,杨一拿着自己的银行卡,就跑去了银行,按着短消息上的数字,给打了过去。

当天晚上,女儿的电话通了,女儿说,爸,我没事啊,下午我手机没电了,你怎么这么容易就上当了啊。

挂了电话,杨一赶紧报了警,民警来了,一查,说,钱在杨一打完3分钟就给取走了,要追回,恐怕希望不大。

第二天,李木杨一坐在办公室里,谈起了这事。

李木说,你不是说,你不会上当的吗?

杨一苦笑,说,他们,是触到我的软肋了。

李木说,要是以后,你再接到这样的电话,还会上当吗?

杨一想了想,一副成竹在胸,说,那可就没那么容易了,我已经问女儿要了她所有同学的电话,这就叫吃一堑长一智。要是再有下一次,我就立马报警,配合警方,将他们一网打尽。这叫魔高一尺,道高一丈。

李木笑了,朝杨一伸出了大拇指。

托　儿

冯晓辉进了监察队之后,满脑子想着的就是立功,揪出不法商贩。

可这立功并不是那么好立的,而这不法商贩,也不是你就随便可以抓的。冯晓辉就问罗队长,说怎么才能做到呢? 这位 40多岁的罗队长,对于年轻人想表现下自己,是极为赞赏的。罗队长很认真地扫了冯晓辉一眼,说,小冯,这么说吧,机会不是天上掉下来的,是要自己去争取的。明白吗?

冯晓辉点了点头,明白了。

点完头,冯晓辉纳闷了,这机会怎么去找呢? 当然,冯晓辉是不能再去问队长了,冯晓辉是该要自己去寻找机会了。

从第二天开始,冯晓辉在上班前,提前一小时来到了监察队所在的辖区内,到处转悠着。临晚上时,冯晓辉下班后也不忙着回家,一个人在小区,或是大街上跑来跑去,左看看右瞅瞅的。

　　还真是功夫不负有心人,也就一个星期下来吧,就被冯晓辉无意中听人说起了,说在这金辉小区内,最近一段时间,每逢晚上,总有几个人边做着表演边卖一些跌打酒之类的东西。还说这跌打酒是为祖传,疗效非凡等等。当时小区内购买者可真是趋之若鹜啊。

　　冯晓辉暗暗想,这可是个机会啊。

　　可冯晓辉连着几个晚上在那里蹲着点儿,愣是没找到那些卖跌打酒的人。冯晓辉没辙了,想了想还得请教罗队长啊。罗队长说,你别急啊,他这药酒既然摆在这个小区卖,而不摆在别的小区卖,必然就有原因,譬如说这些人就住在这个小区,还有一个,那就是这个小区内肯定有他们的托儿?

　　托儿? 冯晓辉有些明白了。

　　罗队长说,如果你能把那些托儿能引出来,那些卖跌打酒的人,自然而然就能一并揪出来了。

　　于是,冯晓辉就又去了那个小区。

　　为了能把那些托儿引出来,冯晓辉还特地在小区内到处打听着,说上次他买过一瓶跌打酒,用了后发觉特别有效,所以想再多买几瓶,想打听下哪些卖跌打酒的人还在吗?

　　冯晓辉在小区内问了半天,几乎就是见一个问一个的。可所有的人都似乎一个回答,说,不知道。半天问下来,冯晓辉发觉其中的一个老头,最可疑了,冯晓辉在问他话时,老是瞪着自己看,似乎是在看自己是不是卧底一样。

　　冯晓辉就想,这个老头是不是就是其中的一个托儿,又或者,就是潜伏在小区内的卧底。

　　不过,冯晓辉苦于没什么证据,也就没什么别的办法。

过了几天后,冯晓辉又去了那个小区,问着和上次同样的话。意外的是,冯晓辉又碰到了那个老头,那老头还远远地,颇有些警惕性地朝着自己看。因为上次问过了,冯晓辉这次就没问那个老头。

看着老头警惕的目光,冯晓辉想,这个老头看来还不是一般的狡猾啊。

这一天,同样是一无所获。

隔了一个星期,冯晓辉又去了一次小区。这次去时,冯晓辉还特地把自己乔装打扮了一番,冯晓辉想的是,即使是再见到老头,也不能让老头认出自己来。

可冯晓辉失望了。

当那个老头再一次站在冯晓辉前面时,老头凛然的眼神,很明显地似乎是在告诉着冯晓辉,这次我又把你认出了。冯晓辉有些汗颜,想着,看来这次自己又失败了。

可意外的是,这次,那个老头居然主动找上了冯晓辉,说,是不是你想买跌打酒? 我知道在哪儿有,我带你去吧。

老头的话,倒让冯晓辉在意外之余,不免还有了些慌张,毕竟是第一次做这个。冯晓辉原本想着要不要先通知下罗队长,可转念一想,或者先把地方给探清楚了,好来个人赃惧获才好呢!

老头带着冯晓辉走了好长一段路,这个小区还真是有些大啊。

在一个墙角处,老头停下了脚步,让冯晓辉站在那里,说让他等等,卖跌打酒的人马上就到了。

然后,冯晓辉就听到一阵很急的脚步的声音。

还有个声音在问老头,人是在这儿吗?

老头说,是的,正等着呢。

接着,就有一群人跑了上来。然后,带队的那个人愣住了,身后紧跟着的那些人愣住了,冯晓辉也愣住了。

带队的那个人,正是罗队长。

老头走上前,看着愣住的双方,明白是误会了。

老头苦笑着解释,他一天到晚在小区里说跌打酒的好,我以为他是在为跌打酒做广告,是托儿呢……

杨 家 铺 子

日本人是在一年冬天开进县城的。

来的日本兵却是不少,像堆讨人厌的苍蝇一样,穿着统一的一身黄装,一双皮靴,见人都瞪着一双吓人的眼,吼一声,八嘎!

那队日本兵,在杨家铺子前停住了。

杨家铺子,其实是极为普通的一家小商铺。缘于店主姓杨,据称是杨家将的后裔而出名。

日本兵中,走出一名军官,走进了杨家铺子,见了那年近中旬的店主,竟说了一句标准的中文,说,老板,您好。店主倒真有些吃惊,特别是看到屋外站的那一群荷枪实弹的日本兵,心头更觉骇然。日本军官似乎是看出了店主的心思,说,老板不用怕,听说您是杨家将的后裔?店主点点头,说,是。日本军官马上一脸钦佩,说,我从小就爱看那杨家将的故事,很精彩,非常精彩!日本军官还自我介绍,说,他叫山田次郎,读过大学,主修的是中国文化。

后来,这个叫山田次郎的日本人,就成了杨家铺子的常客。有事没事地,山田次郎就常往杨家铺子里跑,聊他所听到的杨家将的故事。店主偶尔也会聊到他那些先人的事儿,不过,店主每次聊到,眼神都不自觉地黯然许多。

杨家铺子以前的生意一般,但也能维持生计。因为山田次郎的到来,铺子里几乎就没生意了。总有老百姓,指着杨家铺子的方向骂,汉奸!走狗!有时夜半,铺子还会被人扔石头,石头砸在铺子外的门面上,发出"砰砰砰"的声音。

但那店主,倒似乎并不在意,反而是和那山田次郎的关系,愈加近了。偶尔,山田次郎会派人找那店主去县城的指挥部里坐坐。店主总是一脸兴冲冲地去,一脸兴冲冲地回,真像是拣到了宝似的。

后来,山田次郎军务就有些忙了。附近的八路军,不断骚扰着日本人的一些重要据点。于是,就换店主去找山田次郎了,店主去山田处时,山田次郎总是在忙,说,老板,你坐。店主就很规矩地坐在那里,看山田次郎思考,或是记录,安安静静地坐在一旁,并不打扰。

都说这店主,真是枉为了一个杨姓,枉称是杨家一门忠烈的后裔。后来,连店主的老婆,一个女人都看不过了,骂店主,你一个男人,好意思和日本人搅和在一起吗?日本人侵我河山,杀我同胞……女人的话没讲完,就挨了店主的一巴掌,店主朝女人重重地吼一声:滚!女人真滚了。女人还带走了店主唯一的儿子,一个十七岁的少年。店主瞪着一双血红的眼,几乎是踢着把女人踢出门的,女人脸上身上,到处是伤。围观的百姓有些看不过,都想上前去打店主。但他们没有机会,一队快速赶来的日本兵,把整个杨家铺子都给围了起来。

山田次郎很赞赏店主的行为,说店主是真男儿,女人算个屁!山田次郎还说,他要给店主找个日本女人。店主的脸上,满是献媚地笑,说,好啊,好啊,谢谢太君!

女人儿子都赶跑了。偶尔,山田次郎和店主聊到晚了,会住在铺子里。反正铺子里现在就店主一个人住,想怎么样都是可以的。山田次郎睡一头,店主睡另一头,山田次郎还和店主聊他在日本的生活,说他们的文化,说他们日本人就喜欢睡在木板地上。店主连连点头,说,等将来有机会,一定要去日本走走。

那一个晚上,山田次郎高兴。白天,山田次郎亲率的一支日本兵,对新四军的金萧支队发动了一次围攻,打死了多名新四军队员。

山田次郎特意带了美酒,去了杨家铺子,他要和店主豪饮一番。

山田次郎是晚上进的铺子,进去了一个晚上。到天都大亮了,还没见出来。守在铺子外的日本兵感觉有些不对劲了,砸开门进了铺子。就看见山田次郎和店主,都硬生生地倒在地上,已然没了声息,看起来,像是下毒而死的。

三天后的一个晚上,日本人的县城指挥部遭到了突袭,指挥部被炸了,死伤近百个日本兵。参加突袭行动的人中,有一个,正是店主那十七岁的儿子。

十七岁的儿子,在翻到母亲带出来的一个包裹时,翻到了店主的一份亲笔信,还有一份指挥部的地图:流着杨家的血,无论在何时何地,都该舍生取义,精忠报国,舍小家,保大家……

一个有预感的男人

有 贼 出 没

大刚被放出来了。

大刚是因为盗窃而入的狱。被关了半年。进去那天，小区楼下停了好几辆警车。一会，就有几名警察簇拥着大刚下了楼，然后上了车。车子在警笛声后就离开了小区。

老赵是看着大刚回来的。从进小区的那一刻起，老赵的眼睛就一动不动地盯着他。这"贼"又回来了。

大刚看到不远处，老赵有些鄙夷的眼神，头低了下。找一个空挡，急走了几步，人就走了过去。老赵远远地盯着，很不屑地轻说一句，一脸贼相。

其实，很早之前，老赵就觉得大刚的眼睛有点不对劲儿，眼珠子总是莫名地圆溜溜地转，一转就有种邪气。一看就不像个好人。大刚就住老赵对门。抬头不见低头见，每次一看见大刚，老赵心里总带着小心。

大刚被放出那几天，老赵心头总像绷着一根弦。贼就住对门，没理由不担心啊。虽然这几天偶尔碰到大刚，感觉上和被关进去前，多少有了两样，似乎眼珠子也不像以前那般转了，看上去还多了一份老实和坦荡。不会是在监狱里被教育好了吧？老赵刚想到这一点，又被自己给否决了。怎么可能呢，人从好变坏容易，从坏变好可太难了。这或许就是一种表象，一种伪装吧。

那天一早。老赵还在床上躺着，听到客厅里老婆的尖叫声。

老赵赶紧跑了出去，老婆一脸惊异的表情。老婆说，老赵，我的金项链不见了。金项链是一个月前，老婆生日，老赵给她买的生日礼物。老赵说，什么时候不见的？老婆说，你给我买后，我一直舍不得戴，就放在盒子里。刚才打开，就不见了，应该就这几天的事儿吧。老赵想了想，就想起了什么，打开门时，正好看见对门的大刚，居然也正开门，像要出去的样子。老赵越看，越觉得这金项链一定是大刚偷的。老赵心里怒火中烧，不由喊了一声，你别走。大刚愣了愣，说，有什么事吗？老赵边上前拉住大刚，边朝着老婆喊，老婆，赶紧打110，报警！

警车是在10分钟后到的，来了一高一矮两名警察，一前一后进了老赵的屋子。老赵拉着大刚说，警官，我老婆的金项链丢了，是他偷的。高个警察细细地看了大刚一眼，至少有三分钟，又问老赵，你有什么证据吗？老赵说，有。他因为盗窃被关进去半年，刚放出来没几天，我家就丢东西了。说这话时，大刚的脸不知何时已经涨到通红。高个警察摇摇头，说，对不起，这不能算什么证据。

丢失的金项链是一周后找到的。老赵家来玩的3岁小外甥，看到了老赵老婆放金项链的盒子，以为里面的金项链是玩具，就顺手带走了。回到家，才在一堆玩具中翻了出来。知道是这个结果，老赵心里有点不好意思，再看见大刚时，老赵其实是很想说对不起的，但话到嘴边，又说不出口了。再看到大刚时，老赵也不再觉得像贼了。总觉得，这大刚，似乎真的是变好了。

不过，老赵的断言似乎是早了一些。

一周后。隔壁楼的老张家失窃了。老张一家去外地玩了三天，回来打开门，家里已被翻得乱七八糟。所有的现金、首饰都不见了。这次，果真是失窃了。

一个有预感的男人

不只是老赵,其他小区的人,也都把作案的人选聚焦到了大刚身上。小区又不大,小区里有些什么人,大家也都知道。

警车又来了,停在了小区楼下。来的还是上次那两个警察,一高一矮。两位警察先是去了老张失窃的家,仔细在现场看了好久。然后,又去敲响了大刚家的门,一进去,就是老半天。老赵就待在自己的家里,透过猫眼去看,看他们会不会带走大刚。老赵发现自己突然又有了以前那样的感觉,这次盗窃的人,肯定是他大刚。不然为什么在他回来不久就失窃了呢。不是他又会是谁!再想想这几天看到的大刚,老赵已经可以确信,他就是贼,毫无疑问,之前的所有一切,都是假象。

不过很可惜。两个警察从大刚家走出来时,并没把他带走。

贼是在一个月后抓到的。

凌晨两三点的光景。老赵听到了隔壁楼有人喊,抓贼啊。然后就听见了剧烈的狗叫声,也有人撕打的声音。老赵赶紧披了衣服,赶了过去。

朦胧的灯光下,小区的一条小路上,老赵看见一个年轻人,和几个小区里的居民扭打在一起。年轻人很快就被大家制服在地。

警车迅速赶到。一高一矮的两个警察,上前就把那年轻人给拷了起来。老赵还看到刚才和年轻人扭打得最凶的居民,居然就是大刚。大刚看到老赵看他,很友好地朝他点了点头。

老赵苦笑。这可又冤枉人家了。

再看大刚的脸时,已看不到一丁点儿的贼相,反而看到的是一脸正气。

做 保 安

　　杨一的丈人失业了。50多岁的人,想来想去也没什么合适的活儿,但整天待在家里无所事事,也无聊。老婆说,要不你给他找个保安的工作吧。

　　杨一点点头,就拨了李木的电话。李木是杨一的哥们,在朋友圈里,是有名的人脉广,关系透。李木说,哥们,有事吗?杨一说,我丈人失业了,你帮忙给他找个保安的活儿吧。李木说,行啊。

　　也就一天,杨一接到了李木的电话,说,哥们,晚上请客吃饭吧。

　　杨一心头一喜,说,事儿办成了?李木说,没呢,找工作哪那么容易啊,是这样,我一哥们王二,他一亲戚据说有点门路,我帮你把王二找了来,大家一起吃顿饭聊聊吧。末了,李木还说了一句,哥们,这钱省不得,现在这社会,求人办事不吃顿饭成吗?

　　杨一一想也对,说,行,那你安排吧。

　　那一顿晚饭,以为只有李木、王二,还有他杨一。谁料李木、王二各自带了几个朋友来,说是人多热闹,都是朋友嘛。又是酒,又是烟的,花去了杨一一千多块钱。大家坐了好大一桌子。

　　王二的酒量不好,没几口就有点醉了,朝着杨一拍胸脯,说,你是李木的哥们,李木是我哥们,那你也就是我的哥们,哥们的事,就包我身上了。杨一笑了,说,谢谢了。结完账走出饭店,杨一真有点心疼。不过再一想，只要丈人的保安工作能给落实了，花这点钱也值了。

谁料，一周都没消息。老婆问了杨一几次，杨一说，别急，别急嘛，人家都答应了，你还担心啥。

果然，李木的电话很快就来了。

杨一说，是不是通知去上班啊？李木乐了，说，哥们，你咋这么性急啊，想上班哪那么容易，是这样，今晚王二约到了他亲戚，咱再吃喝一次，看能不能就把这事给敲定下来。杨一心头犯着嘀咕，说，李木，到底成不成啊？李木说，你还不信我吗？杨一说，行吧。

晚上，又是一顿吃喝。又是一桌子的人，这次，还是花掉了一千多，摸着账单，杨一真的心疼哦。两顿饭花掉三千，能不心疼嘛！

当然，也有欣慰的。

王二的亲戚，看起来酒量也不好，没几口也醉了，朝着杨一拍胸脯，说，我是王二的亲戚，你是王二的哥们，那你也就是我的亲戚了，亲戚的事，就包我身上了。杨一笑了，说，谢谢了。

又是一周，还是没什么动静。

老婆埋怨起杨一来，你那哥们李木，到底靠不靠谱啊？杨一说，应该没问题吧。说是这么说，杨一心里，其实也有点打起摆了。

很适时地，李木的电话又来了。

杨一说，这次定了吗？李木说，差不多了，哥们，咱的努力算是没白费。今晚老地方，王二的亲戚会带来一家公司的老总，他可以把你丈人安排到他们公司做保安，咱再吃喝一顿，这事，就成了！杨一说，还要吃啊？想想那一顿饭的价钱，可真不低啊。李木似乎猜出了杨一的犹豫,说,行吧,哥们,你自己看,要不要请?若不请,这事儿就算是黄了,之前的那两顿,也算扔水里了。杨一想了又想,咬咬牙,说,行吧。

晚上,还是一顿吃喝。又是一桌子的人,这次,因为这公司老总的到来,酒菜丰盛了些,花掉了两千多。摸着账单,杨一心疼得真想哭哦。

好在,终于算是云开雾散见彩虹。

公司老总酒量还真不错,几杯酒下肚都没见醉意,老总很郑重其事地说,杨一是吧,你放心,明天,你就让你丈人来上班吧!

杨一乐坏了,忙端起酒杯,敬着老总,再三说,谢谢,谢谢。

第二天,杨一带着丈人,按着老总前一晚给的地址,去了他们公司。

果然是一路绿灯。杨一刚报上老总的大名,那边负责人事的人,就给做了安排。

在给保安住的集体宿舍,杨一看到了一个农民模样的男人,年纪和丈人差不多,好像也是刚被招进来的,正忙着整理床铺。

杨一就很诧异,难道他做这保安也有关系?

想了想,杨一还是问了,你是怎么来的这里?

男人说,哦,你问这啊。男人从口袋里掏啊掏,掏出了一张皱巴巴的纸,纸上是一份保安的招聘启事,说,俺到城里来打工,在走过一条马路时,有人给我发了这张纸。然后俺就来了,就被选中了……

小 心 茶 壶

大江 18 了,从乡下来,投奔在大城市做老板的表舅。

表舅的生意据说做得很大,嘴里整天叼着个雪茄烟,牛逼烘烘得不得了。

表舅拍着大江的肩,说,好好跟着我干吧。

大江把头点得跟连珠炮一般,连连说着,好,好,好。临行前,爹关照过大江,要好好跟表舅学。表舅那个时候也是个普通的打工仔,现在可有钱了……

不过,表舅给大江开的工资,可不高。包吃包住,一月给一千。当然,吃是吃不到什么的,每天几个素菜,像打发要饭的一样;住呢,也就是公司的一间破旧的储藏室,里面给弄了张上下铺,上铺放东西,下铺睡人。尽管如此,大江已经很知足了,每月一千块钱。大江可从没见过那么多的钱。

也只有在上了一次街,大江才知道,在大城市里,这一千块钱,根本就不算是钱。一顿饭,几十块钱,一件衣服,几百块钱。有一个发传单的女人,瞅见大江过来,把一张传单递给他,大江抬眼一瞅,赶紧落荒而逃。那上面,是一双标价四位数的皮鞋……大江真不明白,这是双咋样的鞋,为啥要那么贵呢!

那一天中午,大江还在表舅的公司打着盹呢,就被一阵急骤的铃声吵醒,接起电话,是表舅的声音:赶紧出来,帮我搬点东西。大江赶紧起了身,去了门口。表舅的车停在那里,后备厢也打开着。是三个大箱子,也不知这箱子里放的是什么。大江刚要俯下身去搬,表舅忽然关照了一句,说,你小心点,这东西很贵的,不要摔了。大江哦了一声,就用手托住箱子的底部,小心翼翼地搬了进去。三个大箱子,大江搬了三次。

搬完最后一个大箱子时,大江看见,表舅在用一把小刀,划开了一个大箱子的封箱带。打开后,表舅又很小心地从里面拿出一个小盒子。盒子打开,是一个陶瓷茶壶,大江就乐了,想,不就是这么一个破茶壶嘛,贵什么贵,他们老家可多着呢。趁着表舅在看那茶壶的当口,大江抬眼看了下大箱子,里面还有 5 个小盒子。看来,一个大箱子里是装了 6 个小盒子。

大江看着一脸认真的表舅,他其实是想说,表舅,那东西不值钱,不用那么稀罕的。但他不敢。表舅很多时候,都是很凶的。这话,他哪敢说啊。

看起来,表舅还真是很重视那些茶壶,要大江把他们搬到他的床底下,并再三关照,千万别碰坏了。大江微微一笑,说,好,好,表舅您放心吧。

隔三岔五的,表舅会打个电话来,让大江从床底下拿出一个两个的陶瓷茶壶来,分别用他特意买的包装盒,一一包好。然后再由大江,分别送到表舅指定的地方去。大江发觉,表舅好像是在拿这茶壶送人。这破茶壶,有什么人会要呢。大江每次都是打出租车去的,把那茶壶往后座随意一放,车门一关。大江就坐前面去了。有过一次,茶壶差点就脱了手,大江也不担心,表舅多半是被人蒙的。

床底下的茶壶,送着送着,也就剩下一箱子了。

那天,表舅妈来了。表舅妈不常来公司,一般大江都看不到。表舅妈是个很厉害的人,特别是那眼神,看人时都像是要把人给

吃了一样。

表舅妈一进来,就问大江,那陶瓷茶壶呢?大江愣了愣,很快反应过来,说,在我房间的床底下呢。表舅妈说,帮我去拿两个吧。大江说,好。

大江走在前,表舅妈在后,就进了房间。

大江从床底下拖出了那个大箱子,动作有点粗。表舅妈的声音就上来了,说,大江,你小心着点,这东西可贵着呢,要摔坏了,你可赔不起。大江讪笑地看了表舅妈一眼,说,表舅妈,这东西摔了也没事,老家不是有很多那样的茶壶吗?表舅妈说,那不一样的,你没看见壶外面有刻上去的名人书法吗?知道这个得多少钱吗?三千块钱一个,你说你赔得起吗?

三千块钱?大江猛地一惊,搬的那个大箱子的手,突然变得沉重了起来。大江额头上冒出了汗,心里想着小心,一定要小心。不知怎么地,手就一发软,那个大箱子落在了水泥地上,发出很脆亮的破碎的声音。

大江再去看表舅妈时,就看到了一张愤怒到想要杀人的脸。

当陈勤遇见陈勤

有两个陈勤。年轻的男陈勤,20多岁;年长的男陈勤,50多岁。这里姑且就叫他们为老陈勤和小陈勤吧。老陈勤被送进了小陈勤上班的监狱。老陈勤曾经是一个官儿,贪的金额还不小,就被送了进来。判的是十年。有同事看到登记名单上的名字,就找来了小陈勤,开玩笑地说,你看你看,你咋被关起来了? 小陈勤吓了一跳,再一看具体的介绍,就笑了,说,这哪是我啊,你们开啥玩笑嘛。

无巧不巧地,老陈勤被安排进了小陈勤所负责的牢房里。小陈勤说,你叫陈勤? 老陈勤说,是。小陈勤说,你干吗要叫陈勤呢? 话一出口,小陈勤自己都笑了,他这话,真有些不合时宜。老陈勤一脸的纳闷和不解,他可不知道眼前的这个人也叫陈勤。倒是小陈勤也爽快,说,介绍一下吧,我和你一样,也叫陈勤。老陈勤愣了愣,有些明白了,苦笑了笑。

日子长了,就熟了。有时小陈勤坐在老陈勤的牢房里,还会聊上一会天。老陈勤给小陈勤聊他以前的风光事儿,只要他一声令下,单位里几百号人都得听他安排,听得小陈勤连连赞叹,说,了不起,真了不起! 一次,小陈勤有些不解地问,你这做领导的,要什么有什么,收入又不少,怎么想起要贪污呢? 老陈勤看了小陈勤一眼,却不回答。

事后一天,老陈勤趁人不注意,对小陈勤说,陈警官,帮我做一件事儿吧。小陈勤说,什么事? 老陈勤说,帮我给我老婆带一纸条儿吧? 小陈勤说,这可不行,你有什么话儿,下次探监的时候可以直接和她说嘛。这事,可是违纪的。老陈勤说,如果在那场合我可以说,我不早说了嘛。小陈勤还是没同意,摇摇晃晃地就走了。

老陈勤没死心,看到小陈勤时,又说,陈警官,您一定要帮我这个忙啊。小陈勤说,要是能帮,我一定就帮了……老陈勤说,陈警官,您看咱们又这么巧,名字都是一样的。而且,您知道,我其实贪污的那些钱,大部分都还没上交……小陈勤的眼睛轻轻地眨了一下,恰好被老陈勤捕捉到了。那几天,小陈勤正被钱的事儿给烦恼着,女朋友要结婚买房,家里没钱,他也没钱,婚就结不成了。

老陈勤的声音压低了许多,说,您只要帮我做成这事,我给您五万块。小陈勤一愣,五万? 这数字吓了他一跳,他在这里干一年也拿不到这么多钱。老陈勤看出了小陈勤的犹豫,说,陈警官,怎么样,您不要犹豫了……老陈勤边说边掏出一个折成三角形的纸条,塞到小陈勤的手里。老陈勤又给小陈勤说了一个地址,在那里,有老陈勤藏匿的五万块现金。

小陈勤先去了那个藏匿钱的地方,是在郊区的一处绿化带中。小陈勤半信半疑,他不明白老陈勤怎么会把钱藏在这里呢。当挖开一棵香樟树的根部,居然真翻出了一包被黑马夹带包裹着的东西。小心翼翼地打开,果然是钱,一二三四五,五沓崭新的百元大钞。

回到看守所,老陈勤看到小陈勤,小心地问了句,纸条送到了吗? 小陈勤说,是。老陈勤又说,钱也拿到了吧? 这次,小陈勤没说话,只是微微点了下头。

之后,又有好几次,老陈勤都找小陈勤办事。每一次,老陈勤都会给小陈勤不低于五万块钱的报酬。有时,小陈勤心头也慌张,这毕竟是违法的事儿。好在,小陈勤买房的钱,凑得也差不多了。

那一次,老陈勤开出了二十万块的报酬,让他帮忙带进一样东西来,小陈勤本来是可以拒绝的。但想到了那么多的钱,小陈勤想,就算最后一次了吧。

那一天凌晨,当小陈勤在一处隐蔽地带,挖开老陈勤藏匿的巨款时,不知怎么的,就跑出来好几个公安来,二话没说就把他生生地给摁在了地上。

小陈勤被送进了监狱,这次,不是工作,是被关进来了。隔着厚厚的铁栅栏,再一次见到老陈勤时,就看到他一脸的冷笑,说,你现在知道我为什么要贪污了吧?

索　　赔

　　杨一是骑自行车上下班的,单位近,骑个七八分钟就到了。

　　那天一早,杨一骑车去上班,在过一个十字路口时,明明已经是绿灯了。旁边有一个老头,却是闯了红灯,走过杨一车子旁时,竟坐倒了地上。然后,老头就不起来了,嘴里呻吟着。明明是老头乱闯了红灯,而且杨一根本就没碰到老头,但看着老头一脸痛苦的神情,杨一还是从自行车上下来,说,老师傅,您没事吧?老头没好气地瞪了他一眼,说,没事,你撞了我,怎么可能就没事呢?杨一说,我根本就没撞您,我的自行车碰都没碰到你身上,而且,是您自己闯了红灯。老头哼了一声,别过脸就不理他了。

　　老头坐倒在的是马路中间,阻碍了正常的交通。那里一下就围了许多人,还有一些好事的居民。他们或看到,或没看到刚才的一切,但几乎所有的人,都是一样的说法,一个老太太说,小伙子,你赶紧把老头带去医院吧,不管怎么样,也不能堵在马路上吧。还有一个中年男人,吐着烟圈,说,你们到底还让不让人走路啊,小伙子,我觉得还是你不对……

　　被众人那么一说,杨一也很无奈,他是想去扶那老头的,但老头压根就不配合。看着越来越多的人群和车辆,想着自己也快要迟到了。没奈何,杨一只好说,老师傅,您说您到底想怎样?老头转过头瞅了杨一一眼,说,你看,你都把我撞这样了。老头边说,边指了指他那条压在身下的腿。杨一有些明白老头的意思了,说,老师傅,要不我赔点钱给您吧,您看多少合适呢?老头想了想,伸出了五个手指头,朝着杨一挥了挥。杨一抹一把汗,从口袋里掏出了五张百元大钞。老头接过钱,颤颤巍巍地想要站起身来,去路边的台阶处。杨一去扶他,老头摆了摆手,拒绝了。杨一苦笑着摇摇头,骑上车,头也不回就走了。

隔一天的晚上,是杨一第一次见女朋友爸妈的日子。杨一特地穿了一套新买的名牌西服,早早地就等在了约定吃饭的饭店。等了没多久,包间的门推开了,杨一赶紧是一脸的笑容,先进来的是女朋友,接着是一个老太太,然后是一个老头。看到最后的老头,杨一的笑突然凝固了一下,这个老头,不就是昨天讹诈自己的人吗?看起来走进来挺正常的嘛。

老头显然也是认出了杨一,还看到杨一的眼神,忽忽悠悠直往着自己的腿上漂。在杨一发愣的时候,女朋友猛地推了他一下。杨一才猛地醒悟过来,脸上又是微笑,说,伯父,伯母,你们坐。菜我都点好了。边说,杨一边站起身,去帮他们一个个地拉开座位,让他们一一坐下。

因为有了前一天的事情,再看到老头完全无碍的腿,杨一明白一定是被讹诈了。杨一心里不免有些憋屈,吃饭的时候,话也不是很多。女朋友几次踢了他的腿,让他多说话。可杨一说了没几句,看到面前的老头,忽然又没话了。

女朋友就朝杨一直瞪眼,杨一被逼得没奈何,只好倒酒。给老头倒了一杯,又给自己倒了一杯。杨一站起身,说,伯父,我敬您。然后,不等老头回应,杨一一仰脖,就喝了。老头看着,没奈何,也只好跟着喝了。

吃饱喝足，结完账走出饭店时，杨一似乎真的喝得有些多了，整个人摇摇晃晃地。女朋友很不满地瞅着他。杨一一拍脑袋，忽然想起了什么，说，伯父，今天喝得痛快吧？杨一边说边敲了敲自己的腿。老头看着，连连点头，说，痛快，真痛快。女朋友和老太太很莫名地看着他们两个人。

走 走 停 停

张衡就像是一个钟表，每天的生活都很有规律。

一早6点半，闹钟准时响起，张衡会在床上稍许打盹五六分钟，起床，上卫生间，刷牙，洗脸。7点时，一手夹着个包，一手打着领带，匆匆地走路。到坐车的公交车站，会经过一家卖早点的摊位，那个时候，张衡的领带已经打完，那只原来打领带的手，换作拿那热乎乎，还冒着热气的馒头、豆浆。

公交车徐徐开来，张衡的一天就这样开始了。

张衡不明白，是不是这个城市太过于拥挤的缘故。这公交车开车的速度是越来越慢了，没走几步路呢，又给停了下来。一会儿，公交车再次开动，还是这样子摇摇晃晃开了没几步路，又停了下来。张衡等得有些不及了，就站起身来看。就看到公交车的那面大挡风玻璃前，一辆辆一排排的大小汽车，像列队一样整齐地排在那里，似乎是看不到头了。

现在的每一天，车子都是这样堵着。

在张衡堵车被堵得闹心的时候，腰间的手机有时会响起，唱着"猪八戒找媳妇"的歌，车上的乘客都会朝张衡的这个方向看。然后，张衡的脸微微地发红。张衡接起电话，又是母亲打来的。母亲知道张衡上班忙，就总找他坐车的时间打来。张衡说，妈，有什么事吗？母亲说，张衡，你在城里过得好吗？张衡说，好。母亲说，你身体好吗？张衡说，好。母亲说，那就好，如果过得不开心就回来吧。张衡就皱了下眉，说，妈，你烦不烦哪，我知道了。电话就挂了。母亲每次打电话来，都是问这么几句话，张衡听得老茧都出来了。确实，张衡在这个远离家乡的城市并不是很好，但他从没想过要回老家。张衡一想起老家的破落他就难受，他无数次地做梦都想着在这个城市站住脚跟。

每一天的公交车，依然是这样的走走停停。

张衡坐在被堵得严严实实地公交车上，莫名地有些惆怅。想着念着，看着时间一分一秒地过去，巴望着车子能快点开动，快一点，再快一点。不然就要迟到了。电话再一次地响起，唱着"猪八戒找媳妇"的歌，车上的乘客又朝着张衡的这个方向看。然后，张衡的脸又微微地发红。张衡接起电话，还是母亲。张衡说，妈，有什么事吗？母亲说，张衡，你在城里过得好吗？张衡说，好。母亲说，你身体好吗？张衡说，好。母亲说，那就好，如果过得不开心就回来吧。张衡又皱了下眉，说，妈，你怎么老是这么几句啊，你不能换点话儿说吗？因为是要迟到了，张衡的心情不是很好，没来由地和母亲说了那么几句。母亲忽然就不说话了，电话挂了。张衡愣在那里，是不是这些话说得太重了？正想着，公交车摇摇摆摆地又开动起来，张衡顿时就兴奋起来，一兴奋，就把刚才的事儿都忘得一干二净。

那一天，张衡坐在办公室里，突然想起，好像母亲有一段日子没给自己打电话了。该有大半个月了吧，以前至少三天，电话总是会来的。内线电话又响了,每天,这个电话总是不停地不厌其烦地响着。张衡接起电话,是经理严厉的声音,说,张衡,你是怎么搞的,那份计划书,你到底什么时候给我啊! 张衡一愣,想,昨晚忙到八九点,刚把你要的资料给整理出来,哪来得及做啊。但张衡不能说什么,打工嘛,就是这样子。张衡诺诺着,只好说,经理,我在做呢,我会尽快给您的……

挂了电话,张衡很努力地做着。腰间的手机唱着"猪八戒找媳妇"的歌,又响了起来。张衡一看,是家里的电话,莫名地有些兴奋。一接电话,竟是父亲的声音,张衡隐隐有个不祥的预感。除非有什么大事,父亲是从来不给他打电话的。父亲说,张衡,你妈快不行了,在咱县医院,你赶紧回来吧! 短短的几个字,张衡就觉得自己的心快要塌了!

说着话儿,经理忽然板着脸儿进来了,说,你说你来不及,原来是打电话来不及啊。张衡挂了电话,忽然朝经理一瞪眼,脸上淌着泪大吼一声,老子不干了! 说着话,张衡一把推开了挡在门口的经理,疯了样地跑了出去。

过 敏 反 应

我的鼻子有些过敏,特别是闻到同事刘兰身上的香水味,就止不住地会连打十几个喷嚏,直打得我鼻涕眼泪都下来了。

每次一碰到这样的状况,刘兰总是看着我直乐。她是乐了。我却乐不起来,我擦着鼻涕眼泪说,刘兰,你就算是照顾我一下,能不能换种香水啊！刘兰不理我,转过身扭着她的小蛮腰就走了。

　　我供职的是一个广告公司。公司不算大,几十号人,除了我和少数几个同事是男的,大部分都是美女。刘兰算是我们公司最漂亮,也是最有能力的。她不仅平时做点创意,有时还能拉一大笔广告进来。就连老板,平时见她,也都会礼遇有加,更别提我了。

　　公司有这么多的美女,配上40多岁的风度翩翩的老板,我们那个老板娘,早就放心不下了。没事就往公司跑,盯着那些美女就看,像是非要从她们身上抓出什么蛛丝马迹一般。我坐在座位上,远远地看着这一幕,就笑,谁让这些美女整天打扮得那么招蜂引蝶,就该让老板娘好好敲打下。

　　我去茶水间倒咖啡的时候,老板娘突然就跑了进来,吓了我一大跳。老板娘一向给我的感觉,就是那种母老虎一般的形象。这次,老板娘居然在朝着我笑,说,小李,你倒水哪?我点头,说,老板娘,您有事吗?老板娘看了我一眼,又看了下四周,确定没人后,又对我说,小李,能帮我一个忙吗?我点头,说,您说吧。老板娘说,你做我的内线吧,帮我盯住你们老板……我一听,顿时就明白了老板娘的意思,这事,可不是那么好做的。我摇头,刚想说不行。老板娘适时地递上来一个信封,说,这是你这个月额外的钱,以后,每个月都会有,只要你帮我盯住。看着那个信封,我乐坏了,当然,我没表现出来。我说,那我试试。

　　从那天起,我就开始认真履行起自己的职责。譬如有一次,我看到公司的张梅,进了老板的办公室,还顺手关上了门。接着,一开始还能隐约听到老板和张梅的声音,后来就没声音了。有问题!

我暗暗地进了卫生间,然后快速地给老板娘发了条短信:有情况,张梅进了老板办公室,半天没出来!

　　5分钟后。老板娘匆匆地进了公司,又匆匆地进了老板的办公室,然后,我就看见张梅面色苍白地走了出来。接着,门又被关上了。还是重重地关上的。老板的办公室里,能清晰地听到老板娘歇斯底里的咆哮声。我忍不住擦了把汗,要不是为了那额外的钱,这事可真做不得。

　　还有一次,老板要去外地出差,原本是安排一个男同事跟着去的。临去前,突然就换了女同事罗丽。这可是个问题。老板刚带着罗丽去了机场,我就给老板娘发了短信。

　　一个多小时后,罗丽回来了,带着她的包,有些狼狈,脸色也慌张。我偷眼看着,有些不忍,但也没辙,谁让我拿了那份钱呢。

　　连着好几件,会让老板有问题的事儿,都被我悄悄地解决了。老板娘很满意我的表现,给我的信封也变厚了一些。

　　有一天的事儿闹得有点大。

　　好像那几天,老板和老板娘不知道为了什么事儿,大吵了一架。然后我就看见老板,整天阴沉着脸,待在公司里,似乎连家也不愿意回了。

　　这可不好!

　　后来的一天,事儿更大了。

　　我一早进公司时,就看见老板娘,像是受了什么大的刺激一样,在老板的办公室里闹。不仅如此,老板娘还把老板给拉到了我们外面的大办公间。老板娘一个劲地问老板,你说,你昨晚到底是去了哪里?办公室里早已站满了人,该来的不该来的都来上班了。老板说,我就在办公室里,我没出去过。老板娘说,你胡说,我昨天半夜就来了,你压根就不在。

老板娘边说边把怀疑的目光往一旁的女同事们身上瞄,张梅、罗丽……一个个地,对视着老板娘灼人的眼神时,都不由自主地低下了头。

到底是谁?你说,你昨晚到底和谁在一起?!老板娘瞪着老板,喊得像个泼妇。

老板说,真没有,我真的没有。老板还在一个劲地坚持。

老板娘猛地推了一下老板,别看老板长得又高又壮,可猛地被老板娘一推,人就一下子推到了我的身前不远处。

接着,我莫名其妙地就打了个喷嚏,连着就打了十几个。

再然后,我就看到刘兰的脸,突然就变得惨白惨白的……

鸦　　片

鸦片不是毒品。

是一种香水的名字。

这种香水的味道很浓郁,久久不会散去。

刘小鸽就用这种香水。

刘小鸽是一个女人,也算一个白领,白天在办公室里端庄得像一个淑女。到了晚上,刘小鸽回到家,洗去了身上原有的味道,再喷上鸦片的香味,就一头钻进了酒吧、歌厅等那种自由开放的场所,潇洒玩乐。

在那里,刘小鸽能认识许多的男人,那些男人,出手都极其阔绰,大手一甩,就是厚厚的一沓钱。眉头都不用皱一下。

刘小鸽只管玩,和男人猜拳,喝酒,喝到激动处,哈哈大笑,极尽喧哗。出来玩嘛,就是要玩个痛快,要藏着掖着,还来这里玩什么?

也有男人会瞧上刘小鸽,说,美女,陪哥出去走走?

刘小鸽就笑,张开着她那张烈焰红唇,眨着她那双迷死人的眼睛,轻吐着一口烟,说,帅哥,你找别人吧,姐累了。

总是拒绝。

一次,连酒吧老板比德都撑不住了,说,桃花,你就跟 K 哥去吧,K 哥能看上你是你的福气。

桃花是刘小鸽在这里的别名,K 哥是一个黑社会老大,总是带着一二十个兄弟,跑酒吧来闹腾。

K 哥说,桃花,我喜欢你身上的香水味,跟我去吧。

刘小鸽一脸腻味地笑,一步一摇晃,像是醉了,猛地,对着酒吧的一处沙发,排山倒海般地连吐了几大口。直吐得刘小鸽自己身上满是赃物,直吐得 K 哥的脸上的眉头,不由自主地就皱在了一起。

想是刘小鸽喝多了吧。

比德一个劲地打着招呼。

K 哥一跺脚,走! 怒着脸,带着一帮兄弟就走了。

没有人能带走刘小鸽。

你说这女人,都已经在这里做了,还在乎门内门外吗? 比德也纳闷。

那一天晚上,又来了个稀客,帅帅的陌生男人,看着是中看不中用,酒量却出奇地大。

几个小姐轮番上前敬酒。

都被喝得趴下了。

换刘小鸽上了。

刘小鸽在这里,是出了名的海量。

刘小鸽坐在那个陌生男人对面,男人笑眯眯地说,小姐,如果我猜得不错,你身上的香水味,应该是叫鸦片,对吗?

看上去还是个懂行的人,刘小鸽淡淡一笑,说,喝酒吧。

几瓶酒下去了。

男人依然谈笑风生。

刘小鸽面色微微一变。

若是寻常人,那几瓶酒下去,早就烂醉如泥了。

何况这个男人,刚才已经喝下去那么多的酒。

阴暗的灯光下,刘小鸽看到了男人脖颈处的一颗痣,刘小鸽心头猛地一动,说,先生,您的这颗痣,很别致啊?

男人一笑,说,那是。这是颗情人痣,据说,能看到我这颗痣的人,有可能会成为我的情人。

刘小鸽就笑了,说,那您看,我会不会有这个可能?

这一天晚上,刘小鸽没能敌住男人的酒量,第一次喝得是醉气熏天。

刘小鸽可真是醉得厉害,醉时,还不忘拉住男人的手,说,我要跟你去,你带我走吧。

连老板比德都看傻了,看来这女人,再坚定的女人,是不是一醉倒就死活要跟男人走了啊。

刘小鸽还真跟着那男人去了。

许多男人,看着刘小鸽远去的背影,一个劲地咽着唾沫。

第二天一早出事了!

公安局来人,说,有人自首,昨晚杀了人。还跑到酒吧,把刚睡醒的老板比德给拉了起来。

比德跑到公安局一瞅,杀人的,竟是刘小鸽。

被杀死的,就是昨晚那个男人。

坐在审讯室里,刘小鸽说,人是我杀的。

刘小鸽说,多年前,我还是个大学生,临毕业的那个晚上,我和男朋友一起去酒吧喝酒,碰到了这个帅帅的男人,那个男人把我们都灌醉了。我醒来时,身边躺着的就是这个男人。他当时说一句,他喜欢我身上迷人的鸦片香水味。后来,我就一直在找他,我记得他脖颈处的痣。还有,不是每个男人都能闻出鸦片的……

说这些话时,刘小鸽平静的像是在叙述别人的故事。

宿　　怨

在东沙镇。渔民刘阿根家与张阿毛家的恩怨,是出了名的。

这还要追溯到刘阿根与张阿毛的爷爷辈之前发生的事儿,具体发生了什么,到现在也说不清楚了。应该也是因为打渔的时候,发生的纠纷儿。毕竟年代也有些久远了,那时候的人,到现在也都走得差不多了。

因而,别看刘阿根与张阿毛住得近,也都互为渔民,却从不答话。每每碰巧在街上碰到,你瞪我我瞪你,都显得毫不示弱。

还记得有一年,镇上举办象棋大赛,是由镇里一位酷爱象棋的企业家冠名赞助的。奖金丰厚,这可吸引了全镇不少人的眼球。镇上有几百名喜欢下象棋的爱好者报名参加了这个比赛。刘阿根与张阿毛可都是下象棋的好手,也都报了名。

过五关斩六将。经过数天的激烈角逐，刘阿根与张阿毛分别坐在了最终的决赛台前。谁若能胜出，就是最终的冠军了！决赛台下，拥满了无数围观的渔民，谁都知道他们俩之间的恩怨。这么一对对头坐在一起，要决一雌雄，那该是多么剑拔弩张的事。

但接下去的结果，却让人觉得有点意外。

刘阿根与张阿毛竟然双双都站了起来，并且几乎都是想好了一般，众口一词地说，不屑于与眼前的这人比赛，决定退出这场象棋大赛。

所有的人都忍不住摇头，并且惋惜，都好不容易杀进决赛了，即便不得冠军，就连亚军的奖金，也是相当可观的，又何必如此呢。但看着两人脸上，如此决绝的表情，估计也是怎么也拉不回来了。

失望，真的是大失所望。

任时光匆匆而逝，转眼间，这刘阿根与张阿毛也有了些岁数。他们的一对儿女，也算争气，双双从镇上的初中毕业，考上了舟山市的重点中学。高中毕业后，还考上了同一所大学。

刘阿根的女儿叫刘艳，张阿毛的儿子叫张仪。

那一年，大学毕业，并且都在舟山市区上班的刘艳张仪竟一起回到了东沙镇，并且一前一后地，先后进了刘阿根家的门。

刘阿根看到女儿回来，一喜。又看见张阿毛的儿子张仪也跟了进来，面色就有些难看了，心里其实也已经猜到了七八分。

女儿刘艳倒好，开门见山，对着刘阿根说，爸，我爱上张仪了，我想跟他结婚。刘阿根还没说话，张仪也凑了上去，说，伯父，您放心，我会对刘艳好的。

刘阿根看了眼张仪，又闭上了，一会，又张开，说，你知道我们刘家和你们张家的恩怨吗？张仪愣了愣，倒不知该说什么了。倒是刘艳插了话,说,爸,那都什么年代的事儿了,还记这个干吗?

刘阿根顿时就火了,骂了声,滚!其实也就是气话。刘艳还真走了,牵着张仪的手,头也不回地走了。

走出刘阿根家,转过身就进了张阿毛家。

就听见张阿毛家也是一阵激烈的呵斥声。一会儿,张仪拉着刘艳的手,低着头就出来了。

当天,两人住在了镇上的旅馆,住的还是一间房。

刘艳是独女。张仪是独子。

坐在家门口,刘阿根骂骂咧咧的,说张仪拐了他的女儿;张阿毛也坐在凳子上,毫不示弱地,骂刘艳拐走了她的儿子。

冷战在继续。

那几天,刘艳牵着张仪的手,整天在镇上的大马路上招摇地走,搞得全镇人都知道他俩的事了。有看笑话的,说,你俩是要私奔呢,还是殉情?刘艳就笑得一脸灿烂,都行啊,我爱他,他爱我。有什么不可以。

流言传到了刘阿根的耳朵,又传到了张阿毛的耳朵。两个人倒都很镇定。

但中午电视里一则外地新闻,倒惊出了他们的一身冷汗。刘阿根和张阿毛都有午休的习惯,吃完饭,就喜欢躺在沙发前看会新闻。但那则一对年轻男女,因为家人的不同意,最终选择殉情的新闻。还真让人坐不住。

刘阿根从沙发前站了起来,在屋里踱着步,一步,两步,三步……踱着踱着就踱出了屋,还上了街,走了有七八分钟。就是一个茶楼。那一年,他和张阿毛决赛的地方,就是在那个茶楼。至今还保留着。

走进茶楼,靠窗处,居然摆着一盘象棋。端坐一人,正是张阿

一个有预感的男人

毛。张阿毛像是猜到刘阿根要来,很随意地说了句,坐吧。刘阿根就一头坐了下来。两个人居然就着棋盘,就这么厮杀了起来。不时还会争上几句,你这棋不能这么下,不对不对。听相互争吵的声音,像是一对老友一般。

不远处,刘艳和张仪相视而笑。

转过身。他们就出了酒楼。

今晚还要请电视台的同学吃晚饭呢。

青春是一首歌

海燕是我的初恋。

我是被空降到厂里做厂长的,上任没几天,秘书小吴就一脸无奈的表情跑来,说,厂长,不好了,那个刘金山的老婆又找来了。刘金山? 我说,什么情况? 小吴忙给我解释,说,刘金山是我们厂的一名工人,在他下班的路上出了车祸,一条腿给残了。按理,那时候在路上出事是不算工伤的。李厂长在的时候,就没批准,到现在差不多有一年了,都闹好久了……我有些明白了,最近新出了法规,上下班途中出事也算工伤了。小吴问我,厂长,您看要不要见她? 她已经来过几回了。我想了想,说,让她来吧,有些事情总是要解决的。

女人来了。我抬起头,就愣住了,竟是海燕。岁月似乎对海燕影响不大,还是那么美丽,但又多了几分憔悴。我的心头,莫名地又动了一下。海燕看到我,也是吃了一惊,本来进门的时候一直在和小吴说啊说,现在都停住了。小吴似乎也觉察到了一些不正常,表情奇怪地看着我,又看了看海燕。

还是我反应快,我说,你好,你是为刘金山的事儿来的吗?海燕说,是。我说,那个事儿我了解过了,按当时的规定,在路上出事是不能算工伤的。不过,我会把这事拿到中层会议上讨论的,争取给你一个答复,你看行吗?海燕说,行,行。说着话儿,海燕的眼眶莫名地红了,又说,厂长,您可一定要帮我这个忙啊,您看,现在我家刘金山残了,孩子上学也要花钱,就我一个女人,拉扯着这个家,真是太不容易了。海燕的眼泪就噼里啪啦地下来了。我点点头,看着海燕,想不到她现在竟然这么困难。然后,海燕就由小吴带着,走了出去。

海燕是走了,我的心却是好久平静不下来。

算起来,和海燕也有十几年没见面了。回忆中的海燕,一直就很不容易。我们谈恋爱的时候,她就很困难。大冬天的,她穿的也只能是很薄的衣服,带到学校吃的饭菜,也都是最简单的。但海燕的自尊心很强,我拿家里的衣服给她穿,她不穿,拿好吃的东西给她吃,她也不愿吃。我说你都是我女朋友了,怎么就这么见外呢。她却抬起她高昂的头,说,反正我就是不要你的东西,我们谈朋友就应该平等地谈。

再想想,当时我们的分手,也是因为她强烈的自尊心。我考上了大学,她也考上了。她家里穷,没钱供她。我说,让我家里供你吧。她说,不。她放弃了上大学的机会。在我上大学的第一年,她寄来一封信,内容只有几个字:我们分手吧……也就是这样,我们分了手。

我拍了拍自己的脑袋,想,海燕的这个忙,一定要帮帮她。她真的是太苦了。若是弄成工伤,至少她家里从此每个月都能有一笔稳定的补贴,也算减轻一点她的负担了。

那几天,我好好研究了一下当时和现在,对于上下班途中出事的工伤法规。我理了理思路,然后让秘书小吴召集了厂里的中层,一起开了个会。会开得还是比较成功的,我从法律法规起步,再谈到一切莫过于人情,又聊到了一个女人的不易。大家还算是比较赞同的,最后的举手表决,这事,就算是定了下来。我让小吴理好会议纪要,报批上级总公司。

总公司的批复速度比较慢,批复还没到呢,海燕倒一个人先来了我的办公室。

见没外人,海燕没叫我厂长,直呼我的大名,说,这个忙一定要帮啊。我说,你放心吧,我会尽力的。海燕说,好。临走时,海燕又说了句,我不会让你白帮这个忙的。为了这句莫名其妙的话,我呆了好久。

批复迟迟没下来,周五时,我等不及,亲自跑了趟位于省城的总公司。

接下来正好是休息天,上午,老婆刚出了门。门铃就被摁响了,我以为是老婆忘带了钥匙。打开门,来的却是海燕,打扮得很是漂亮。我有些意外,说,你怎么认得我家?海燕笑得很妩媚地说,我是看着你老婆出门的,怎么,不请我进去坐坐吗?我一愣,总觉得今天的海燕,有点怪怪的。

海燕进屋后,左看看右看看,似乎有些欲言又止。她一定是为了那份批复,我刚想说,批复已经拿到了。海燕却突然靠了上来,我想推开她,她却把我抱得更紧了。我说,海燕,别这样。海燕说,我说过,不会让你白帮这个忙的。我挣扎着,狠劲地把她给推开,但推开后,海燕又靠了上来。

在这僵持不下的时候,门突然被打开了,探出了老婆的一个头,直愣愣地看着抱在一起的我和海燕。

我真傻眼了,我忽然想到了包里的那份批复。

我是跳进黄河也洗不清了!

你有没有情人

我有情人。

孟晓是我的情人。

孟晓美丽,温柔,又善解人意。我说,孟晓,我想你了。孟晓说,我也想你。我说,孟晓,我爱你。孟晓说,我也爱你。我说,孟晓,我们见面吧。孟晓说,好,见面吧。

我一直觉得,孟晓是最适合做情人了。

我带孟晓去吃饭。当然,我不能带她去一般意义上吃饭的饭店。要去,也是那些富有情调的地方。那天晚上,我和孟晓去了一家新开的法式餐厅,那里的氛围确实是好。我是在网上找了半天才找到的。我问孟晓,这里美吗?孟晓点头,说,美。孟晓说话时,脸上也是带着微笑。我看着孟晓的微笑,不由看得有些痴了,我说,孟晓,你真美,好美好美。

在我们吃饭的间隙,出了点小意外。我的肩被人拍了拍,一抬头,我看到的是一个熟悉的脸庞,是王五,我的新同事。王五看了看我,又看了看坐在我身边的孟晓,眼神瞄啊瞄,就像是一盏探照灯。我心里有些慌,一个结了婚的男人带着一个漂亮女人来这么一个地方,还亲密地坐在一起,被人看见总是不好。我还没说话呢,王五倒先说了,说,周哥,真巧啊,陪嫂子来吃饭啊? 我还以为是我认错了呢,嫂子可真漂亮。周哥你也挺有情调的嘛。我赶紧说,是,是。我这才想起来,王五是没见过我老婆的。我伺机岔开话题,说,王五,你怎么来这里吃饭了? 王五转过头,指给我看,说,我陪老婆过一年结婚纪念呢。王五有些不好意思地朝我笑笑。

　　晚饭吃得有些晚,回到家时,老婆已经躺在床上看书了,是在看一本情感小说。老婆看我回来了,问我,吃了吗? 我说,吃了。老婆"哦"了一声,又翻看了书,就看了一会。老婆忽然合上书,问我,你有情人吗? 我心里一慌,想,不会是露馅了吧。再一想,王五应该是不认识老婆的,也不可能和老婆有接触吧。我咬咬牙否认,说,我怎么可能有情人呢,你就是我一辈子唯一的情人了。老婆的脸,微微笑着,又摊开了书,书中有一个很大的标题,你有情人吗? 真是虚惊一场,为了不让老婆在这个话题上延续下去。我反问老婆,你有情人吗? 老婆一愣,她是想不到我也会问吧。老婆说,没有,没有。然后,我笑了,老婆也笑了。

　　之后的一个晚上,有些意外,我在单位加着班呢。突然手机响起了短信的声音。我点开短信,内容是:你老婆和一个陌生男人在喜来宾馆 517 房间,速来! 看这号码,挺陌生的。我脑子里顿时嗡嗡嗡地响,说实话,我真有些震惊。我有些不敢相信,老婆会这样地背叛我。我拍了拍脑子,很快就冷静下来。我想了想,就给家里拨了个电话,打电话时,我的手都有些抖,我在想着,接下去该如何收场,离婚吗? 电话很快被接起了,是老婆的声音:喂。我手上的话筒差点跌落了下来,老婆连着喂了几声,有些不耐烦时。我说,老婆,是我,我在加班,晚点回来哦。老婆说,好,那你多注意身体啊。电话挂了,我心里还是无法平静。恶作剧,绝对是恶作剧！

又一个晚上，我在家里吃完晚饭，正躺沙发上，有事没事地调着电视频道。然后，手机又响起了短信的声音。我点开短信，内容是：你老婆和一个陌生男人在福亚宾馆 423 号房间，速来！我很认真地看完了短信，朝着厨房里老婆忙碌的背影喊了一声，说，老婆，你在干啥呢？老婆探出个头，两只手上都是洗洁精，说，洗碗呢，有啥事？我笑笑，说，没事，没事。老婆朝我瞪了一眼，转身又进了厨房。我能确定，对方要么是恶作剧，要么真的是发错了。我的手指一动，那条短信就被删除得干干净净。

还有一个晚上，老婆被单位派到外地出差了，我刚用手机和老婆聊完电话，手机短信又来了。我点开短信，内容是：你老婆和一个陌生男人在罗森宾馆 408 号房间，速来！一看短信，我乐了。我明明看见，老婆跟我打电话的号码是外地的，怎么可能出现在这里的罗森宾馆呢。现在，我能确定，短信一定是发错了。我忽然又有些好奇，不知道短信里所指的那个人是谁？我认不认识。一个人在家我也无聊，我出了门，打车就去了那家宾馆。

到了那里，我没有贸然闯进那个房间。我要了 408 房对门的那个房间，透过房门猫眼，我坐在门口，一直紧盯着那里。不知是过了多久，我迷迷糊糊像是要睡着了。我就听见对门打开的声音，我赶紧去看。果然，先出来的是一个男人，后面是一个女人。女人我认识，是孟晓。男人很陌生，不是孟晓的老公，孟晓的老公我是见过的。我的脑子里再一次嗡嗡嗡了好久，摸着心口处，真的有点痛。我有些明白，这个短信是谁发的了，是王五。我和王五接触不多，从来都没记过他的号码。

我一拍脑袋，想，我是不是该请王五吃饭了？！

婚姻很脆弱

生活并不是平静的。

有一天,张三给李四打了个电话,说,晚上一起喝酒吧? 平白无故地,张三不会找李四喝酒。李四就说,出什么事了吗? 张三说,我离了。李四愣了愣,说,怎么可能? 张三夫妻一向是朋友中感情最好的一对了,怎么说离就离了呢。

喝酒的时候,李四说,我不明白。张三苦笑,说,没什么明不明白的。酒喝得有些多了,张三说,你现在幸福吗? 李四点头,说,还可以。李四有一个知书达理、贤妻良母型的老婆,生活得一直很美满。张三说,要不你试试? 其实,婚姻很脆弱。李四酒劲上了脸,说,可以啊,试试就试试,我就不信了。

然后第二天,在李四还没到家时,一个电话就打来了,是老婆刘美丽接的,刚说了句喂,就听到一个男人的声音,说,你是李四老婆吗? 刘美丽说,是。男人说,你老公和一个女人在朝阳宾馆722 房间呢,你赶紧来吧。然后,电话就挂了。刘美丽握着话筒,没做多大反应,径直就去了厨房准备晚饭。

电话是张三找人打的。张三和李四在 722 房间的对门等了一个小时,都没见刘美丽来。李四一脸得意扬扬的神情,张三微笑着说,这才刚刚开始呢。

又是一天,还是一个电话,刘美丽接到的。一个男人的声音,你是李四老婆吗? 刘美丽说,是。男人说,你上次怎么不去朝阳宾馆啊。刘美丽说,你有什么事吗?没事我就挂了。男人说,这次他们换地方了,你老公和一个女人在西楚宾馆507房间,你去看看吧。说完,电话又挂了,刘美丽放下电话,微微皱了皱眉,然后就进了厨房。

又是一次劳而无功。李四说,婚姻并不像你说的那么脆弱,知道吗?张三冷笑着说,那只是你以为的,看着吧,你老婆应该已经入戏了。

那一个晚上,李四去洗澡。洗完澡出来时,李四就看见刘美丽在沙发上正认真地翻着他的手机,这可是从来没有过的。李四心头犯着蒙,说,怎么想起翻我手机了?刘美丽笑笑说,没事,随便看看嘛。刘美丽的脸上是带着笑,但那个笑,分明有些沉。李四的心头隐隐有种莫名的危机感。

还有就是早上,李四迷迷糊糊地上卫生间,就看到刘美丽,正蹲在洗衣机旁,似乎在闻自己上衣的味道。李四的脸顿时就沉下来了,说,你干什么呢?刘美丽马上站了起来,摇着头,说,没事,没事。然后人就出去了。看着刘美丽的背影,其实李四是很想说的,那两个电话的事儿,可这又怎么说呢?!

上班的时候,李四一向是随便惯了,偶尔有女同事从身边走过时,会装作不小心地碰一下。当然,那些女同事也熟悉了,最多就朝他瞪一个眼,事儿也就过去了。那天,是公司有名的美女林芊芊走过去,李四的手,不经意地就伸了出去。然后,林芊芊居然没朝李四瞪眼,反而是一脸鼓励似的妩媚的笑,李四有些傻了,更让他傻的是,不远处,竟然站着刘美丽,而刘美丽的眼神,刚好就落在林芊芊的脸上。

再然后,刘美丽转过身,就走了出去。李四有些不明白,刘美丽怎么跑这来了。李四想过要去追的,可这怎么追呢,难道说是

一个有预感的男人

同事之间的玩笑吗？那林芊芊为什么要朝自己笑呢。李四呆坐在那里，一脸迷茫。

晚上回到家时，饭菜准备好了，刘美丽已经端坐在那里。李四放下包，想解释。刘美丽说，吃饭吧，就端起了饭碗。

那一天，不知道是不是注定就是李四的倒霉日。晚饭刚吃完，手机短信就来了，李四当着刘美丽的面点开了短信，短信内容差点让李四晕厥。"亲爱的，你想好了，你是要你老婆还是要我肚子里的孩子……"李四看到了刘美丽可以喷火的眼神，赶紧拨了电话过去，是一个女人接的。李四和那女人一说，女人才知道发错号了。刘美丽一脸冷漠，说，演，继续演！算了，离婚吧。

离婚？李四愣了愣，脑子有点大了。

对，离婚！刘美丽从未有过的坚定。

还真离了。

李四打电话给了张三，说，出来喝酒吧。张三笑了，真离了啊？李四说，是。喝着酒，李四朝张三瞪着眼，说，你可真恶毒。张三苦笑，说，恶毒的不是我啊，是王五。我原本幸福的家庭，就是这么被王五拆散的。

那一个晚上，两个醉鬼闯到了王五家，狠狠地把他给揍了一顿。警察赶来时，人已经跑了，地上光留下几个破碎的酒瓶，像那脆弱的婚姻。

往事不要再提

杨梅是我以前广告公司的同事,她在上海短暂待过半年,后来回到了千里之外的家乡。

那一天,我无意中点开杨梅的 QQ 空间,看到她的一组近照。一看,我有些呆了,昔日青涩的女孩,真就长成了珠圆玉润的女人。我不由得多看了几眼。

遥想当年,稚嫩的我和杨梅一起出去跑业务,跑到一家咖啡店,人家就看着羡慕,说,金童玉女,看着真养眼。好多人都这么说,说得我俩各自低着头,都有些不好意思。

看到杨梅在线,我打着字开起了玩笑:后悔啊后悔。

杨梅发来一个不解的表情。

我打字:看你现在还那么漂亮迷人,真后悔当初没下手啊。

杨梅:你就蒙我吧。

我打字:知道吗? 其实我一直喜欢你。

杨梅发来笑眯眯的表情:是吗? 我怎么不知道,那你当时怎么不追我呢?

我打字:我不是怕被你拒绝嘛,那样,甚至连朋友都做不了。

杨梅回:信你才怪!

后来又好多次,我不荤不素地开着杨梅的玩笑。

又一天,百无聊赖,我扫了一圈 QQ 好友,看到了杨梅的 QQ 签名:心情不好。

我打字:大美女,怎么了?

杨梅回:没什么,有点心烦而已。

我打字:美女不能心烦的,烦起来老得就快。

杨梅回:你说,要是我老了,你还喜欢吗?

我打字:当然啦,无论你怎么样,我都喜欢。我敲打完字,一笑,反正隔个千山万水,开开玩笑又无伤大雅。

杨梅回:要是当年你真表白了,你说现在会是怎样?

我有点想当然地打字:可能这会儿,你正躺在我怀里,和风细雨般地朝着我笑。字打完了,我稍有些犹豫,一点鼠标,还是发了出去。

杨梅回了个亲吻的表情。

我愣愣地在电脑前坐了好一会。

再一天,是杨梅主动找的我,杨梅打字:你说一个男人,要没责任心,这还算是一个合格的男人吗?

我回:怎么了?

杨梅打字:我现在的婚姻,真的是一言难尽。我6岁的女儿,从生下来到现在,都是我父母在照料着。我的公公婆婆,从来不说要去看看孙女,好像这孙女压根不存在一样。我老公也从来不管女儿,甚至经常连家都不愿回,说是厂里有宿舍睡那里舒服都不用走,他上的是中班,上到半夜就不想回家了,早上睡得晚,吃过中饭下午二三点又开工,也不想回家了。其实,从厂里到家里也没多少距离。事实上,是老公在厂里有了别的女人……

杨梅还打字:这段名存实亡的婚姻我已经厌倦,你说我要不要离婚呢?离婚,有时我真有点不敢想,像是天要塌下来一般。若离婚,女儿肯定是会跟我的,我真不知道能不能照顾好她。我好悔啊,当初,我怎么就选择了这么一个男人呢。

看着,我的鼻子稍稍有些酸。也许是为了安慰杨梅吧,我竟编起了谎,我回复:其实,有一个事我一直没告诉你,早在去年,我就离了婚。你看我一个男人,带一个4岁的女儿,不也挺好的嘛。

半天,杨梅打字:你会嫌弃我女儿吗?

杨梅的最后一句话,让我有些莫名其妙。杨梅是什么意思呢,难不成带着她的女儿来投奔我吗?恍然间,我有些头大,再一想,应该不会啊。相隔千里,不可能没着没落地来找我吧。我不由想起了家里的那一头河东狮吼般的母老虎。若不是在母老虎那里得不到温柔,我也不会寂寞到在电脑前和杨梅调侃,来寻觅一些温情。

我的头皮发麻,但还是得硬着回,我觉得我是男人,千万不能示弱:怎么会,你的女儿不就像我的女儿一般,我喜欢还来不及呢。字打出去,我有点恨不得甩自己的脸。

这天后,我就没敢上QQ。我不知道自己是怎么了,潜意识里,我知道,我一定是怕再碰上杨梅。杨梅若再问我什么,我又该怎么说呢。

是有半个月了吧。

一大早,我家的门铃被敲响了。我去打开,竟是杨梅,背着沉沉的包,还有身边的一个小女孩。一见到我,杨梅就很兴奋地说开了,我记得那时候你是住这里嘛,看来你真的是没搬,我就想着给你个惊喜,对了,我离婚了,你这段时间怎么没再上QQ啊,我找你找不到。

正说着,我女儿正好从客厅走过。杨梅马上拉着身边的小女孩,说,快,快叫妹妹,以后我们就是一家人了。

声音有点响,睡眼蒙眬的老婆瞪着个眼走了出来。杨梅看呆了,我也呆了……

寻找他的初恋

临下班前，男人接到陈圆圆的电话。陈圆圆是男人的初恋情人，长得像花儿一样柔美，曾令男人沉醉花香中而难以自拔。

也是十多年前的事了。就在十年之前，陈圆圆毅然地离开了深爱她的男人，一去大洋彼岸就没了影踪。

因而，当男人突然听到陈圆圆的声音，除了开始时的片刻惊讶之外，男人已经没有任何其他的想法了。

男人问陈圆圆，有事吗？

男人忙着回家，家里有女人在等他，还有他和女人的儿子，他未来的希望。

陈圆圆幽幽然地叹了口气，然后问男人，有时间吗？我想和你见个面。

男人想了想，说，再约吧。然后，男人挂了电话。

男人刚到家，陈圆圆的电话又来了。男人不想接，可男人了解陈圆圆。如果不接她的电话，肯定会一直打。而且，男人更怕女人怀疑，女人已经从厨房看自己了，还问，怎么有电话不接呢？男人就匆匆跑到阳台上。

男人问，有事吗？

陈圆圆说，今天晚上，我想见你。

对不起，今晚我没空。说完男人就挂了电话。

第二天，男人关了一天的手机。

临下班前,男人办公室的座机响了,男人一接,居然是陈圆圆,男人惊讶于她怎么知道这个号码。陈圆圆很平静地说,就今天晚上,你来大富贵酒店来见我,如果不来,你知道什么后果的。

没等男人有什么反应,陈圆圆就挂了电话。

这回,男人愣住了。男人不能确定陈圆圆会做出什么过激的事情来。印象中的陈圆圆是为达到目的不惜一切的人,这样的人是最可怕的。

男人怕陈圆圆找到家里,和女人说什么。虽然女人很通情达理,但男人更怕节外生枝,毕竟陈圆圆是他的初恋,初恋总是一个人一生中最难以忘怀的。

男人拨了女人的电话,说,我晚上有个应酬,要晚点回。女人一如往常般地关照男人,说,要少喝点酒,少抽点烟,记得早点回。男人说好。

坐在大富豪酒店的包房内,男人见到了陈圆圆。比起十年前,陈圆圆显得更可人,也丰满了。陈圆圆边喝着酒,边谈着这十年来的辛酸。男人静静地听着,眼前的酒没怎么动过,手边的筷子也没怎么动过。

最后,陈圆圆看着男人说,我现在有钱了,但我身边的男人们没有一个是真心爱着我的……

那天的陈圆圆,喝了太多的酒,男人费好大周折才把陈圆圆送回了家。

男人到家时,已近半夜,男人匆匆进卫生间洗了个澡,男人想把身上所有陈圆圆的香水味都洗掉。男人洗完走出卫生间时,看到了女人,男人还看到女人的眼睛在黑暗中闪闪发亮。

陈圆圆还在一次次地缠着男人,男人不得不一次次地赴约。

男人担心女人迟早会知道。

有一天,男人接到女人的电话,女人说,我晚上有事,要晚点回。女人的口气很平静,但男人隐隐在那平静中体会出了一种波涛汹涌。男人有一种预感,这个晚上,会发生些什么不寻常的事。

女人回来的不算晚,男人试图在女人脸上看出一些端倪。很遗憾,女人的脸上很平静,仿佛只是去楼下的小卖部替他买了一盒烟那样简单。

而此后,男人再没接到过陈圆圆的电话。

男人有些奇怪,也试图想问问女人那天到底发生了什么事,但男人忍了忍,还是什么都没问。男人想,女人是多么温柔贤惠的一个人啊,这样的人,应该不会做出什么没有理智的事吧。没有了陈圆圆打扰,男人的生活又恢复了往日一样的平静。男人觉得这样挺好。

一次机缘的巧合,在一个酒会上,男人又见到了陈圆圆,男人以为陈圆圆会避开自己,但意外的是,陈圆圆反而向他主动敬起了酒。

男人有些发愣。

陈圆圆接下去说的话更让男人惊讶了。陈圆圆说,恭喜你找了一个好妻子。

男人听着有些糊涂,说,为什么要恭喜我,她那天到底和你说了些什么?

陈圆圆微笑着告诉男人,她那天对我说了谢谢。

谢谢你?为什么她说谢谢?男人更愣了。

陈圆圆说,女人说了许多你们现在的生活,还说谢谢她把这么一个好男人放弃了,把他留给了女人。女人还让她放心,女人会接住她交替下的接力棒,在接下来的日子里,帮她好好地照顾男人。

那一刻,男人的眼角突然涌满了泪。

也 许 本 能

那天,是女儿5岁的例行体检。以前都是女人带着去的,临时有事,就由男人代劳了。检测出的血型报告,不经意地一瞅,男人不由愣住了。他从来对这些都不关注的。但男人知道,以他和女人的血型匹配,是不该出现女儿这样的血型的。

难道?男人的脑子里顿时沉了一下,有些难以理解,或者说是难以接受。体检完的女儿站在一旁,问,爸爸,你怎么了?男人摇摇头,装作若无其事状,说,没事,没事。

回了家,男人便留了神,留神观察女人的一言一行。并且,男人还暗暗地调查,当然,男人做这一切都是神不知鬼不觉的。果不其然,男人发现,女人在和他刚结婚时,确实是和另一个男人来往过。并且,他俩还偷偷出去过好几次。这一切都证明了他的猜测,是完全准确的。

以前,在家里,男人看女儿,都是满心欢喜。现在男人越看,心里就越觉得堵得慌。女儿小,哪懂这些啊,还是很亲近男人,像以前一样张开了手,喊着,爸爸,抱!他装作没听见。女儿可不罢休,还在喊,爸爸,抱!抱!男人就恼了,真的是恼了,心头憋了好长时间的气,就撒了出来。男人狠狠地瞪了女儿一眼,说,吵什么吵!再吵揍你!男人的声音很大,近乎咆哮。女儿在他的咆哮声中大哭。女人跑来,说,你闹什么闹,怎么可以对孩子这样!男人懒得和女人说话,摇摇头,走了。

很长一段时间,男人都觉得女儿就是颗定时炸弹,随时会爆炸一般。他真的是越看到女儿,心里越不是滋味。有一天,男人忽然想,是不是也该有个了结了?

那天晚上,吃过晚饭,女人在洗着碗,男人逗着女儿,说,我带你出去玩吧?女儿点点头。男人和女人说了声,就带着女儿下了楼。

楼下的马路,是一条商业街,人来人往,车来车往。还是下班的高峰时间,车站旁,一辆公交车停下来,下来一些人,车子开走了。又一辆公交车停下来……

昏暗的路灯下,男人就站在那里不远处的商铺前。女儿在他身旁。女儿顽皮,正一个人围着他在打转,嘴里念念有词,在吟唱着幼儿园里学到的儿歌。一曲唱完,女儿说,爸爸,你看我唱得好听吗?男人看着女儿,竟不知道该怎么回答。男人蹲下身,拍拍女儿的肩,说,我们玩个捉迷藏吧,好吗?女儿说,好啊,好啊。孩子的天性,就是爱玩,巴不得天天玩呢。

然后,男人说,我先藏。男人让女儿先蒙上了自己的眼睛,然后再去找他。女儿很听话,真的蒙上了。男人就躲了起来,躲进了一家店铺。一会,男人远远地看见,女儿松开了蒙住眼睛的手,满脸焦急地找起他来。当然,男人不出去,女儿根本是找不到他的。找了一会儿,女儿哭了,哭哭啼啼地居然是往马路那边走。这原本是在他的意料之中的。但男人的心,分明就被揪了起来。

再然后,女儿已经是靠近到了马路的边上,男人远远地看到,有好几辆车,正朝着女儿的方向驶去。不知道是怎么回事,反正完全不在他的计划之内的。也许是一种本能吧,男人竟冲了出去,在女儿的脚,即将踩上马路的那一刻,一伸手把她给拉了回来。男人摔倒在一旁的水泥地上,女儿则稳稳地躺在他怀里。女儿一脸泪水地笑着,说,爸爸,我终于找到你了。在男人拉住女儿的那个马路上,一辆车已经急速地驶过。

男人的脸上,突然就有了泪。女儿说,爸爸,你怎么了?是不是被我找到了,所以就哭了。男人笑了,又哭了,流着泪,点着头,却什么也没说,只是紧紧地抱住女儿。

那 些 承 诺

上午,我在家里酣睡着,前一晚打麻将打得太晚。电话不厌其烦地响着,一直响,直到把我吵醒。我微闭着眼接过电话,说,谁啊?是前妻慌乱的声音,说,女儿不见了!我触电一般,顿时就坐了起来,说,不见了?怎么不见了?我的声音有些恼了。前妻的声音,突然就有了哽咽,说,我也不知道怎么回事,刚才我在厨房洗着菜,出来时,她就不见了……

女儿7岁了。明天就是9月1日,就要上小学了。两个月前,也许真的是过不了"七年之痒"这个坎吧。在我们结婚的第8个年头,我和前妻离婚了,女儿判给了前妻。仍记得,女儿的小手拉住我的大手,不让我离开。我只能是哄骗着她,说,乖,爸爸出去一下,一会就回来。好说歹说的,女儿才松开了我的手。关上门时,我能看到女儿眼中的不舍,还有不安。

前妻住的离我住的地方不算太远。7岁的孩子,说大不大,说小也不小。但一个人走在外面,总不是那么安全的。会不会是女儿跑我这里来了呢?女儿是认识这儿的。我暗暗控制着内心的不安,说,大概有多久了？前妻说,15 分钟左右吧。我说,我们先找找,如果找不到,就报警。前妻说,行。

顾不上刷牙洗脸,我披上衣服就出了门。马路上车水马龙,我左顾右盼,想着女儿如果来的话,会走哪一条的路？我边走边想,间或给前妻打电话,问她有没找到女儿。前妻每次给我的答复,都让我失望,没有,还是没有。我到处地跑,到处地寻找女儿。所有能想到的女儿可能走的路我都走遍了。时间一分一秒地过去,差不多已经两个小时了。正常情况下,女儿从前妻家到我那儿,走路也就半个多小时。

我真的是急了,我给前妻打电话,说,要不,咱报警吧？前妻还没回答呢,在马路的一角,远远地,我看到有个小女孩朝我走来。看着,有点像是女儿。我说,等等,我好像看见女儿了。

走近了,一看,果真是女儿。女儿还在朝着我笑。我的心头却因为着急而产生了无比的恼意,我跑上前去,想打女儿。手抡出去,没打到女儿。我的眼泪却下来了。

到了我的住处,刚安顿好女儿,前妻也来了。前妻已经急得眼泪都下来了,对着女儿说,你这孩子,怎么可以瞎跑,丢了怎么办？女儿说,我想找爸爸,可是我走着走着就迷路了。女儿可怜兮兮地说着,间或拿眼看我。我说,那你找爸爸有什么事吗？女儿说,你说过的,我上小学的前一天,你会和我一起过,还要送我礼物的！我一愣,我还真忘了和女儿的承诺。我看到了前妻满是幽怨的眼神,以前我无故和她吵架时,她总会这样流露。我说,对不起,爸爸忘记给你买礼物了,一会儿我就去给你买,好吗？女儿点点头,一脸的兴奋表情。接着,前妻又对着女儿问这问那。

我站在窗口看着窗外,想着女儿的承诺,又想到了我小时候,一次爸爸外出,答应回来给我带玩具。但爸爸回来时,并没带回我要的玩具,然后我是又哭又闹……那个时候的我,就和现在的女儿一样。

我转过头时,就看到前妻和女儿都蜷缩在我的那张狭小的床上,不知何时,她们已经睡着了,并且,似乎还睡得很香。

看着女儿,又看着前妻。两个月不见,前妻似乎又消瘦了许多。我恍然记起,给前妻求婚时,我还承诺过,要照顾她一生一世,可现在……

那一刻,我的心头塞满了沉沉的酸涩。

蚂蚁,蚂蚁

那一年,5岁的女儿随我去了老家。老家是在农村,是爸妈生活的地方,与城市是有一点距离的。我很少带女儿到农村来,农村的太阳比较大,女儿没待几天,脸就晒黑了。

女儿调皮。待惯了城市,回到乡下,就像鱼儿入了海一般,人就变得自由自在起来。进了老家的大院子,女儿先跑去看围墙边散养的鸡。从旁边的袋子里掏出些稻子,一一递给那些鸡吃。那些鸡一看到有食物来,顿时翅膀就扑腾着,一个个地争先恐后扑来。女儿的身边就围满了那些鸡,女儿就乐呵呵地直乐。

我看女儿玩得正欢,没有任何的拘束感,也就放心了。转过身就回了屋,去和母亲聊聊,问问她最近生活状况如何。母亲说一切都好,反问我时,我不由自主地低下了头,倒不知说什么好了。这一次,是我单独带女儿回来的,老婆并没跟着一起来。

走出屋时，我看见女儿已经玩过了鸡的新鲜劲。一个人蹲在一处用砖铺成的路上，一动不动地认真蹲着，不知在看什么。

我走过去，拍拍女儿的肩，问，你看什么呢？女儿抬起头，说，爸爸，爸爸，你看，好多蚂蚁呢。我笑了，看了看女儿身下的蚂蚁，说，蚂蚁有什么奇怪的，城市里又不是没有蚂蚁。女儿嘟囔着嘴，不理我。我说，走吧，进屋去。女儿摇头，说，不去，不去，我再看一会。没奈何，我只好任女儿去了。她看了一会，应该就会厌了吧。

好一会儿了，女儿一直都蹲在那里，没进来。看看天，不知什么时候，突然黑了下来。要下雨了。

我刚想走出去，喊女儿进屋。女儿突然喊我，说，爸爸，爸爸，你快来哦。我忙走出去，问，怎么了？女儿说，蚂蚁要搬家了。我又乐了，蚂蚁搬家有什么奇怪的，很正常啊。女儿说，他们为什么要搬家呢？我说，因为要下雨了。女儿脸上顿时就有了担忧，说，那他们会不会被雨淋湿啊？我摇摇头，这我还真不知道，他们会不会被雨淋湿。蚂蚁毕竟不可能像人一样，去搭建可以遮风挡雨的屋子，它们最多就只能依附在人类建造的屋子上，来躲避风雨的侵袭。

正想着，我看到女儿忽然站了起来，并且走进了屋，并且直接往放东西的储藏室走去。我看到母亲站在一旁，也是一脸的不解。我叫了女儿的小名，说，你干什么去啊？女儿说，我去帮他们找雨披，一会下雨一定会把它们淋湿的。我苦笑，想阻拦她，但又不知道以什么样的名义去阻拦。一个孩子，自小怀有一种怜悯之心，是很难得的。

接着，我就看见女儿弱小的身躯，果然拖了一件雨披出来，并且煞有其事地罩在了她刚刚蹲过的地方。并且，蹲在那里还不走了。

我说,要下雨了,赶紧走吧。女儿说,我不,我要看它们,是不是盖上了雨披就不会淋湿。我有些又气又恼,真想一把将女儿给拖进屋。这孩子,是越来越不听话了。看这阴沉沉的天,雨马上要下了。

正想着,果然,这雨又铺天盖地地落下来了。我站在屋外,看到外面已经形成了一片雨帘,女儿还正蹲在雨中呢。顾不得多想,我刚准备冲出去把女儿抱进屋。就看见母亲,撑了一把伞,快速地跑了出去,一把抱起了女儿就进了屋。即便是如此,女儿身上还是被淋了个半透。雨实在是太大了。满脸是雨水的女儿忍不住打了个喷嚏。

这场雨,足足下了两三个小时,才停了下来。而女儿,因此也感冒了,连着发了两三天的高烧,急得我像个热锅上的蚂蚁般坐立不安。吃药,打针。还好在第三天,女儿的烧终于退了。我才算大喘了一口气。女儿在高烧时,嘴里念叨地最多的,就是两个字"蚂蚁,蚂蚁……"这真让我很不明白,这么普通的蚂蚁,为什么就让女儿如此地眷恋呢。

一周后,女儿基本已康复。坐在女儿床前,我说了我的疑惑。女儿说,她读的幼儿园小班有个男孩子,我们大家都叫她蚂蚁,因为他爸妈离婚了,他就像是一只无比孤单的蚂蚁,没事就跟着爸妈搬家。有一次,我看到他趴在座位前,像是在睡觉,走近一看,他原来是在哭,怕别人看到……

我抬起头,看到了父亲,父亲的眼睛炯炯有神地看着我。父亲是个不爱说话的人,但他的眼睛会说话。记得小时候,我每次做错了事后,父亲都不会责怪我,只会看着我。

走出屋。外面的天空早已一片洁白。

我拨了一个电话,我说,……我们还是算了吧……

挂完。我又拨了一个电话,我说,对不起,以前的都是我的错,请你一定要原谅我,就算是为了女儿……

然后,我分明听见那端,轻轻抽动的哽咽声。

安全出了岔

安全喝酒了。

大过年的,安全无端地受了份闲气。

事情是这样的,安全他们从城市到乡下待四天,在丈人家待了三天,就回到了自己母亲的家里。从丈人家到母亲家大概有大半个小时的车程,安全刚在母亲那住了一晚,本想着今天好好陪陪母亲的。

丈人突然打来电话,说来了个亲戚,让他们赶紧过去。安全的母亲已经烧好中饭,眼巴巴地看着安全,又看了看安全的老婆。老婆已经开始整理东西,安全看到了母亲眼中的无辜,还有无奈。母亲以前总是说,养儿子好,那是在生安全的那个年代,流行的是重男轻女。现在说得更多的是,还是养女儿好,女儿贴心。就像安全的老婆,心完全是向着娘家的,更是拽着安全的心也往着娘家那走。

安全的心里突然有了恼怒,愤愤地不想去丈人家。老婆已是整理好东西,上了车。安全想说,我不去。母亲是懂安全的,推着安全就上了车,然后说,路上开车小心啊。安全刚启动车,透过反光镜,看到了母亲有些红的眼眶,母亲是一直隐忍着让安全小夫妻俩尽量和睦着。父亲死得早,安全是母亲拉扯大的。安全狠狠地踩着油门,却不放下离合器,汽车轰隆轰隆地响。

安全到了丈人家。丈人家已经摆好了一桌子的菜,以为是真来了什么客人。安全一看,也就是老婆的一个远房表哥,说是亲戚,也许在异乡碰到,就是陌生人的那种。安全要开车,是不能喝酒的。远方表哥说,喝吧,下午睡一觉,到晚上酒就消了。丈人也说,你和表哥也是难得碰到,喝吧。老婆也坐在桌旁,没阻止。安全皱了下眉,就喝了一杯红酒。安全没什么酒量,本来喝时,就说喝一杯的。谁料,喝完,安全面前的酒杯又被倒满了。远房表哥微笑着说,大过年的,多喝点,醉了也没事。安全心头忽然有些发热,想都没想,就一口喝完了红酒。许是心头带着气恼,喝完了三杯,没人给安全倒酒了。安全就站起来自己倒,倒满就敬远房表哥,又敬了老丈人,什么都没说,一口就喝完了。就这么一杯一杯的,连安全自己都不知道喝了几杯。

再然后,安全就站起了身,摇摇晃晃地说,我出去方便下啊。安全上完卫生间,没有回房间,径直就上了车。安全开动了车,脑子里晕晕乎乎的,车子像阵风一样地飞驰了出去。安全从没开过这样的车速,车窗半开着,就听到耳边呼啸而起的风声,像是略显窒息的心跳一般。安全看到了远处的一个人,在马路旁慢条斯理地走着路,安全踩足了油门,那人一晃之间就被甩在了身后。安全莫名地有了些兴奋,安全其实是想笑的,突然摸摸眼前,似乎是湿湿的。泪水很快就模糊了安全的视野,安全用手去擦眼前的泪。擦完泪,安全才发现反方向疾驰而来的一辆车,安全是想刹车,想打方向盘转移方向的,但已经来不及了。安全就听见一阵巨大的撞击声,安全整个人就像是凌空飞了起来。

一个有预感的男人

安全就醒了。醒来后,安全发现自己正躺在车子的方向盘上,好像是睡着了。原来是一场梦啊。安全还发现,自己似乎是开了一小段的车,因为车子开到了离老丈人家有七八百米的一个位置。手机响了起来,安全一看,是老婆打来的。响了好久,安全没接。声音停了后,安全摁开手机,就看到了七八个未接电话,都是老婆打的。安全透过车前窗玻璃仰望前方,前面,有一个女人,正帮一个小男孩擦拭着鼻涕。这让安全又一次想起了母亲,小时候,母亲也是这么帮他擦拭鼻涕的。

电话再次不依不饶地响起,安全接了电话,是老婆怒气冲冲的声音,你是怎么搞的,人上哪里去了! 你到底想干什么! 安全原本躁动的心,一下变得平静了许多。安全任老婆劈头盖脸地把话说完,然后,安全轻轻说了句,你说你爸妈是爸妈,我妈难道就不是妈吗! 没等老婆再说什么,安全就挂了手机,并且关了机。

望着不远处,刚才女人小男孩待过的地方,安全的脸上淌满了泪。

老 人 与 狗

男人老了,就成了老人。老伴走得早,老人就给已经成家立业、唯一的儿子打电话,电话响了好几下才被接起。老人说,儿子,是我,我想你了,你来看看我吧。儿子有一段日子没去看过老人了。电话那端,是儿子懒洋洋的声音,说,爸,我知道了,我有时间一定会来看你的。话没说上几句,就挂了。老人听着电话那端

"嘀嘀嘀"的忙音,半天也没放下。儿子说要来,却一直没见来。老人每天把门打开着,开得大大的,盼着儿子能回来。但是没有,好久好久,儿子都没回来。

又一天,老人等儿子等不及了,就又给儿子打了个电话,第一个,没人接。在打第二个的时候,终于接了。老人说,儿子,是我,我想你了,你来看看我吧。电话那端,是儿子不耐烦的声音,说,爸,你烦不烦呢,我在上班呢,你知道我有时间就会来看你。话还没说完,又挂了。老人摸着电话那端"嘀嘀嘀"的忙音,发愣了好久。儿子说会来,还是一直没见来。老人每天呆坐在窗口,窗口正对着小区的大门,若儿子从大门进来,能第一时间看见。但是没有,好久好久,都看不到儿子。

老人在家等不到儿子,很无聊。老人拄着棍就上了街,街上人来人往,喧闹无比,但那些喧闹都是别人的。老人在一个小弄堂里,看到了一条野狗,正被其他几条野狗围攻着。老人跑上了前,用手中的棍赶走了那几条野狗。那条被欺负的野狗,很感激地看着老人。老人说,你好,你很孤单吗?是的,我也很孤单。老人像是在和狗说话,又像是自言自语。狗似乎是听懂了,眼睛直定定地看着老人。老人离开时,狗就跟在身后。老人走得快,狗也走得快,老人走得慢,狗也走得慢。狗跟着老人就到了家门口。老人把门开得很大,说,进来吧。狗很听话地就进了屋。老人把狗领进了浴室,用温水好好地给它洗了一遍。狗很听话地蹲在那里,任老人给它搓洗,直到狗被洗得干干净净的。

狗留在了家里。老人有了狗的陪伴,就不觉得孤单了,以前那么难耐的时间,也变得充实了许多。狗陪着老人一起吃,一起喝,一起说话一起睡觉。安静时,老人对着狗说话,狗就应和似的叫唤两声。老人还给狗取了个暖暖的名字:阳光。老人的腿脚不好，常常需要拿什么东西。老人就指着一个物件，喊，阳光，帮我拿一下。狗就跳上去，用嘴衔着，很小心地帮老人拿下来。老人又指着另一个物件，喊，阳光，帮我拿一下。狗又跳上去，用嘴衔着，又很小心地帮老人拿下来。老人就笑了，老人笑得很欢。老人摩挲着狗头上柔顺的毛，说，阳光啊阳光，还是你最听我的话啊。有了狗的存在，老人几乎已经忘却了，他是还有一个儿子的。老人没再给儿子打过电话，儿子也一直没回来看过他。老人有时会想，儿子忙啊，是真的很忙吗？忙到连回来看自己的时间都没有？

　　那一天，老人病了，病得很重，连说话的气力几乎都没有。老人躺在床上，苦苦地将身子撑起来，给儿子打了个电话。电话响了好久好久，像是有几个世纪一样的漫长，儿子终于接了。老人说，儿子，是我，我感觉难受，你能来看看我吗？是儿子厌烦的声音，说，爸，你就不能让我清净些吗？我在忙着呢……不等老人说什么，电话又挂了。老人只觉得眼前一黑，连最后一丝的力气都没了。恍然间，老人看到了那狗，一直在那舔着自己，不时再叫唤几声。然后，老人就没了知觉了。

　　老人醒来时，眼前完全是白晃晃的一片，是医院的病房。老人看到了隔壁的刘阿婆，正站在那里，说，老李啊，多亏了你养的狗，若不是那狗把我们唤来，医生说再晚一会，就没你了。老人点点头，直起身时，就看到狗，正蜷缩在一个角落，满是真切地看自己。老人又环视了一下病房，他是想问，儿子来了吗？话到嘴边，老人硬生生地咽了下去。老人微微地叹了口气。

　　儿子还是来了，是来参加老人的葬礼。葬礼后，一个西装革履的男人找到了他。男人说，你父亲让我向你交代下，他的遗产都不是给你的。老人的名下还有房子，按市场价，起码值二百万。

儿子很惊异的表情,印象中,父亲就他一个亲人,不给他又能给谁呢。男人说,你的父亲,把他的所有遗产,都给了那条狗。男人指了指边上的狗。在葬礼的几天,狗自始至终,都守在老人的灵堂旁。

男人还说,老人的遗嘱上写,养儿不如养狗,那还不如给狗吧。

儿子一张脸,猛地就红了。

能分几个馒头

胡中华教书教了一辈子,今年是他的最后一年,明年,他将正式退休了。

这段日子以来,胡中华常常不由自主地陷入孩提时的回忆中,还想到了那段啃馒头的日子。想起那段回忆,胡中华总有些辛酸。

上课铃声响起,胡中华捧着一堆教科书走进教室。

胡中华教的是数学,今天,他想考考这群调皮捣蛋的小学生们。

教室里闹哄哄的,学生们还在大声讲着话。胡中华快步走到讲台前,重重地咳嗽了一下,教室里马上就鸦雀无声了。

胡中华看了看坐着得同学们,问,我出个题,假设这里有55个馒头,而我们班只有40位同学,大家想一下,这个馒头每人能分几个,还能剩几个?

有同学在举手,胡中华一看,是班长刘雷,他很欣慰地笑,说,刘雷,你说说看。

刘雷说,老师,每人能分 1 个,还剩 16 个!

胡中华愣了下,问,为什么?

刘雷说,老师,因为我不喜欢吃馒头,所以还剩 16 个。

不,老师,不是 16 个,是 17 个,我也不喜欢吃,学习委员赵雪也站了起来。

老师,不是 17 个,是 18 个,我也不喜欢吃,数学课代表李明也站了起来。

老师,不是……

教室里一下就乱成了一锅粥,胡中华有些哭笑不得起来。

双休日时,胡中华陪老伴回了趟老家。

老家还是一如以往地穷,老家的孩子们个个晒得乌黑发亮,瘦得就剩皮包骨头了。胡中华看着有些难过,闭塞,贫穷,还是穷啊。

有七八个孩子在树荫底下玩,胡中华也坐在那里乘凉,他想试试这群孩子学习怎么样,便打趣着说,孩子们,你们过来。

孩子听见胡中华叫,有些好奇地看他,就一个一个地跑来了。

胡中华从口袋里摸出几颗糖,说,爷爷给你们出个题,如果谁答对了,我就把糖奖励给他吃,好吗?

孩子们没回答,因为他们的眼睛直定定地看着糖,一动不动。

胡中华问,假设这里有 12 个馒头,而你们只有 8 个人,大家想一下,这个馒头每人能分几个,还能剩几个?

孩子们都很踊跃,都吵着要回答。

胡中华指了指一个最瘦小的孩子,说,你说说看。

那个孩子大声说,每人能分一个,还剩 3 个。

胡中华愣了下,问,为什么?

孩子说,爷爷,因为我想吃2个,我有好多天没吃到馒头了,边说,孩子边一脸兴奋的神情。

有孩子在喊,狗蛋,你瞎扯,应该还剩2个,我也要吃2个!

但很快,又被其他孩子的声音给掩盖了,二毛,你胡说,还剩一个……长根,你乱说,没了,一个都不剩了……

胡中华看着还在争执中的孩子,默默地把口袋里的糖一颗一颗摸出来放在树下,刚放下,孩子们就一起抢着,胡中华忙喊,别抢,都会有的。孩子们却扭抢在一起,都不听他的,胡中华轻轻叹了口气,就摇晃着身子走开了。

踱回老屋时,老伴不在家,估摸着应该是去串邻居的门去了。

胡中华搬了张凳子,坐在老屋门口,摸出一根旱烟,轻轻地抽了一口,很快,就被呛得重重咳了一下。

看着满眼苍茫的田野,胡中华就想起年少时的那段馒头往事。

娘跑了半天山路,从亲戚家借来3个大馒头。胡中华兄弟4个已经有2天没吃东西了,连走路都没力气了。娘把馒头放在桌上,对胡中华他们说,孩子们,娘没用,只要到这3个,你们就分着吃吧。

胡中华兄弟几个看着,大哥对二哥说,二弟,你们仨一人一个,分吃了吧!二哥却不,说,大哥,你们仨一人一个,分吃了吧!三哥却说,大哥二哥小弟,你们仨一人一个,分吃了吧!胡中华说,大哥二哥三哥,你们仨一人一个,分吃了吧!兄弟几个都让着馒头,却谁也没动。馒头就一直放在桌上,直到傍晚有野狗跳进屋,把3个馒头都吃了。

娘追赶着该挨千刀的野狗,追着追着,娘就追不动了,坐倒在地上哭,胡中华兄弟四个也哭了,抱住娘痛哭。还不时发出"咕噜,咕噜"的声音,是饿极时肚里才发出的。

想着想着,胡中华的眼前不自觉就模糊了。

空 巢 老 人

儿子好久没来了。晚上,老人很孤单,给儿子打电话。儿子说,妈,有什么事吗? 老人说,儿子,我想你了,你能来看看我吗? 儿子说,我知道了。然后电话就挂了,老人摸着被挂掉的电话,苦笑。

又一个晚上,老人给儿子打电话。儿子说,妈,有什么事吗? 老人说,儿子,我想你了,你能来看看我吗? 儿子说,我知道了。儿子似乎又要挂电话,老人忙又说,儿子,要不你陪我说说话吧。儿子一副不耐烦的声音,说,妈,我正忙着呢,回头再说吧。然后电话又挂了。老人摸着冰冷的电话,出了神。

有过很长一段日子,老人给儿子打电话,儿子或者是接了,没两句话又给挂了。再或者,儿子的电话一直在响,却始终没人接。在那些寂寥的日子里,老人的心里空荡荡的。

那天,老人一个人到马路上散步。在一个垃圾桶旁边,老人看到了一条又脏又瘦的狗。显然,那是一条流浪狗。老人看着狗,不知怎么就想起了自己。老人说,狗,你愿意跟我回家吗? 流浪狗似乎听懂了老人的话,眼睛居然朝她眨了眨。并且,在老人站起离开时,流浪狗也站了起来,一声不吭地跟在了身后。

到了家,老人好好替流浪狗洗了个澡。洗过澡后的流浪狗,不像是条被人遗弃的狗了。特别是在吃过老人给它准备的骨头后,一副精神焕发的表情。老人看着,也满意地笑了。

在后来的那段时间里,老人又把两条流浪猫、两条流浪狗给带回了家。每天一早起来,老人都要先给这些猫啊狗啊弄完早饭,然后再给自己弄早餐。虽然累,但老人却觉得很满足,因为不寂寞了,很充实。

在一个阳光明媚的早上,老人起床时,竟然还听到了鸟鸣。老人站在窗口,就看到自家的屋檐下,居然垒起了一个燕子窝。有两只燕子在不远处的空中徘徊着。老人想,这应该就是一对结合在一起的燕子夫妇吧。

为了不打扰他们,老人把家里的猫狗都叫到了一起。老人说,知道吗? 我们有了新邻居了。老人又说,你们要记住,不要打扰到它们,既然我们是邻居,就要和睦相处。特别是你,大黄,不许调皮,不许朝着它们大叫。老人像教育孩子那样教育着这些猫狗。被叫大黄的那条狗,低垂着一只狗头,很听话的样子。

有一段日子了吧。

一早,老人轻轻打开窗户时,就听到了又一阵嘶哑的鸟鸣声。老人有些不解,那两只燕子并不是这样叫的啊。老人抬起头,就看到了从燕子窝里伸展出来的几只小燕子头。老人的心头一阵欢呼雀跃,这么快就有新生命了,真好。

这天下午,儿子上了门。老人开始是一阵喜悦,又是倒水又是切苹果的。儿子可有日子没和老人联系了。儿子却摆摆手,说,妈,别忙了,我一会就走。老人说,儿子,你有什么事吗? 儿子说,妈,我想把你的房卖了。老人一愣,说,卖了,为什么? 儿子说,我想换套大的房,你放心,我都已经安排好敬老院了。老人明白了,并且也听懂了儿子的话。老人说,我不去敬老院,我要留在这。儿子叫了声,妈——老人没答应,眼就看到窗外,两只燕子已经回来了,正用嘴衔着食物,在喂养着它们的宝宝。

老人说,你让我搬了,那以后我这些猫啊狗啊,有谁来照顾,还有那窗外的燕子。老人还说,你走吧,以后也别来了。儿子站起身,想再说些什么。老人的身边,突然多了几只猫和狗。特别是那条叫大黄的狗,正圆瞪着眼怒视着儿子,随时可能扑上来一般。

儿子满是狼狈地跑出了门。在门关上的那一刻,老人的眼角,默默滚落下浑浊的泪。

遥远的味道

上午,病房里,91 岁的老父亲躺在床上已到弥留之际,奄奄一息了却还是闭不上眼睛。

两鬓斑白的大儿子来到老父亲的床边,轻声说,爸,你还有什么未了的心愿吗?老父亲哆嗦着嘴,很吃力地吐出几个字来,声音实在太轻了,根本听不见。大儿子将耳朵几乎贴到了老父亲的嘴边,听了一次,两次,三次。大儿子摇摇头,还是没听清。二儿子上前,也将耳朵贴在了老父亲的嘴边,老父亲哆嗦着嘴,二儿子很用心地听着,也是没听清。一直以来,都是老父亲最疼爱的小女儿到了老父亲跟前,听到第二遍。小女儿点点头,听清楚了,爸说,他想喝碗粥。大家以疑问的眼神看老父亲时,老父亲微微地点了下头。看来小女儿是说对了。

几个儿女站在那里，一想，确实也是，老父亲有三天未进食了。当然，也不是做子女的不孝，是老父亲真的吃不下。每次饭菜端到老父亲嘴边，都是摇头。现在老父亲想喝粥，那是最好不过的了。

大儿子首先说，我去给爸熬粥吧。说完话，大儿子从老父亲的床头站起身，朝着门外走去。

医院离家并不远，不过个把小时，大儿子就端着一保温杯的粥走了进来。打开盖子，一股热气，还有粥特有的香味就弥漫了整个病房。大儿子又拿出一个小碗，用饭勺盛了满满的一碗粥。热气腾腾的粥到了老父亲的嘴边，大儿子又用一个调羹小心地挖出半调羹，小心地把粥吹到半温。半调羹粥进了老父亲的嘴里，大儿子又挖出半调羹时，老父亲竟摇了头。大儿子不明白这是怎么了，说，爸，是粥不好吃吗？老父亲还是摇头。最后，老父亲竟然是紧紧闭上了嘴。

大儿子没辙了，无奈地看二儿子。二儿子做过厨师。二儿子说，我去给爸熬点粥吧。二儿子很快就出了门。个把小时后，二儿子熬的温热的粥到了老父亲嘴里，老父亲尝了尝，还是摇头。

二儿子也没辙了，二儿子可是花了很大心思熬粥。二儿子看了看大儿子，又把目光放在了小女儿身上。小女儿说，要不，我去试试吧。小女儿转身，也出了门。个把小时后，小女儿小心地将半调羹粥放进老父亲嘴里，老父亲还是摇头。

这下，小女儿也是没辙了。小女儿、大儿子、二儿子相互看着，真的是想不出别的主意了。看着躺在病床上痛苦表情的老父亲，他们的心头也好难过。

半天，小女儿想到了什么，突然一拍手，来不及和大儿子二儿子他们说什么，人就出了病房。三五分钟后，小女儿又进来了，手里，多了一包盐。

在大儿子二儿子目瞪口呆中，小女儿扯开了盐，又打开了她那杯尚还温暖的粥，挖了两调羹的盐，直接倒在了粥里。然后，小女儿又把放了盐的粥很均匀地搅拌了几下，再挖出一调羹粥，喂进了老父亲的嘴里。接下来，令人瞠目结舌的事儿发生了，老父亲竟津津有味地把那一小碗的粥，吃了个干干净净。美美地吃完了粥的父亲，气色竟然是好了许多。

小女儿回过头，看到依然惊疑的大儿子二儿子，很平静地说了句，大哥二哥，你俩忘了，小时候，咱家没米饭吃只能喝粥，而家里的菜也少，父亲为了省给我们吃就总不吃菜。但不吃菜又不好下口，而且父亲还要去干活，光喝粥不吃菜吃不到菜里的盐又没力气。父亲干脆就用盐拌了饭吃……

小女儿说着话，眼泪就下来了。大儿子二儿子，眼圈也是红红的。

全民微阅读系列